苏电文丛 第一辑

苏电文丛

我也在
秘密生长

苔米 著

天津出版传媒集团

百花文艺出版社

图书在版编目（ＣＩＰ）数据

我也在秘密生长 / 苔米著 . -- 天津 : 百花文艺出版社 , 2024.1

（苏电文丛）

ISBN 978-7-5306-8695-9

Ⅰ . ①我… Ⅱ . ①苔… Ⅲ . ①散文集－中国－当代 Ⅳ . ① I267

中国国家版本馆 CIP 数据核字 (2023) 第 228882 号

我也在秘密生长
WO YE ZAI MIMI SHENGZHANG
苔 米 著

出 版 人：薛印胜
责任编辑：张　雪
装帧设计：鸿儒文轩·书心瞬意
出版发行：百花文艺出版社
地址：天津市和平区西康路 35 号　　邮编：300051
电话传真：+86-22-23332651（发行部）
　　　　　　+86-22-23332656（总编室）
　　　　　　+86-22-23332478（邮购部）
网址：http://www.baihuawenyi.com
印刷：三河市华东印刷有限公司
开本：880 毫米×1230 毫米　1/32
字数：172 千字
印张：8
版次：2024 年 1 月第 1 版
印次：2024 年 1 月第 1 次印刷
定价：56.00 元

如有印装质量问题，请与三河市华东印刷有限公司联系调换
地址：三河市燕郊冶金路口南马起乏村西
电话：19931677990　邮编：065201

总　序

开拓文学之境，勇攀创作高峰

江苏省电力作家协会一次推出十位电力作家的十部文学作品，以文学丛书的宏大气势集中发力，进入社会和读者视野，可喜可贺！

这是江苏省电力系统学习贯彻习近平总书记关于文艺工作重要论述和党的二十大报告对文化建设新部署新要求所取得的成果。我们的作家深刻把握新时代文艺工作的定位和使命，增强文化自觉，坚定文化自信，站在为国家立心、为民族立魂、为时代立传的高度，以强烈的历史担当和瑰丽的文学画卷，充分展现新时代的精神图景。从这十位作家的十部不同题材、体裁的作品来看，他们都善于从平凡中发现伟大、从质朴中寻觅崇高、从自己融入人民群众的实践中发现真善美，用情用力地注重作品质量，形象生动地表现时代之美、劳动之美、自然之美、生活之美、心灵之美。品读他们的作品，能够触及作者的心声，感悟作者的心动，体悟作者为职工抒写、为人民抒怀、为事业抒情的生动笔触中的文字之美、语言之美、文学之美。在敬佩之余也深受激励。

这是实施"中国新时代电力文学攀登计划"、奋力推进新时代电力文学高质量发展在江苏电力落地的可喜成果。"中国新时代电力文学攀登计划"旨在不断推出优秀作家的优秀作品。江苏省电力作家协会集中推出十位作家的十部作品，体现了电力团体组织的工作成效，彰显了电力团体作家队伍中个体创作的丰硕成果，彰显了电力团体攀登进取精神。丛书题材、体裁多样，呈现出文学文本的丰富多彩性。小说故事情节跌宕起伏、引人入胜，人物栩栩如生；散文情感细腻、文笔清新，形散而神不散；诗作文采飞扬，飘逸灵动。十部佳作感情真挚，表达精练，文以载道，文以言情，文以言志。就像将各种水果收入果篮那样，一并奉献给读者，使人悦目娱心，精神振奋。值得称道的是，国网江苏省电力公司为江苏省电力作家协会营造了一种积极向上、团结和睦、共同进取的氛围，这种氛围，促进了电力文学的繁荣发展，促进了作家们相互学习、相互交流、相互激励、相互提高。

这套文学丛书的"闪亮登场"，给中国电力作家协会团体会员单位提供了可以效仿的榜样。阅览这十部出自江苏省电力作家之手的作品，不禁被江苏省电力作家协会的"倾情"、十位电力作家的"倾心"所感动：江苏省电力作家协会集中发力，倾情投入，邀请文学界知名作家、评论家、编辑家集中审读研讨、修改打磨书稿，最终推出一套优秀的文学作品，难能可贵。身在江苏省的电力作家肩负重任，一肩挑"本职工作"，一肩担"文学创作"之任务，深扎电力沃土，工作之余伏案笔耕，把自己生活中的积淀、对生活的热爱、生活中的感悟，化为文字，实属不易。组织的关怀、作家的付出都是值得的。

这套丛书为我们电力团体组织带来很大的启示：我们的文学创作者要准确把握时代命题与电力文学的关系，深入电力一线，把自己的思想、情感，同生活、同人民融为一体，做到"身入""心入""情入"，以独特的眼光洞察世事人生，以真挚情感投入作品创作，记录时代巨变、讴歌电力系统取得的成就和职工精神风貌，不断推出反映时代精神的电力题材精品力作，开拓电力文学新境界，攀登电力文学新高峰。这也是新时代对广大电力文学创作者的要求！

一次集中向社会、读者推出十位作家的十部作品，是中国电力作家队伍发展壮大的体现、取得的优秀成果的展示。这也是对中国电力文学、对中国文学的崇高致敬！

潘　飞

中国电力作家协会驻会副主席，《脊梁》执行主编

2023 年 8 月 31 日

代　序

温暖的"亲子蓝皮书"

　　《我在秘密生长》是哥伦比亚画家、作家艾玛·雷耶斯所著书信体、自传体小说。在写给挚友的 23 封信中，作家以孩童视角讲述了波哥大女孩艾玛的成长故事：她是遭遗弃的私生女，被送进女修道院，19 岁时逃出与世隔绝的修道院时，她不识一字，一无所有。艾玛·雷耶斯语言精练、叙事独特，摒弃了多愁善感的抒情和戏剧化的故作惊悚，赢得读者、评论家无数赞誉，连加西亚·马尔克斯也惊此书为天作。多年前，当我一口气读完《我在秘密生长》后，长久回味之间，凸显脑海的是两个字：本真。艾玛生活在魔幻世界，却又无比真实，她的"生存魔法"是保持一颗童心。同时，想象和好奇又给她插上翅膀，凌驾于暗无天日的苦难生活之上。

今天，我拿起散文集《我也在秘密生长》，首先想了解的是作者苔米为什么要取一个向艾玛·雷耶斯致敬的书名。好在附录里有同名文章，我便先读了。苔米先以艾玛·雷耶斯的一句"我好想给我的孩子讲故事"破题，在不同时间、不同地方，以"幸福是什么""坚持还是放弃""我是你的谁"等为主题，给儿子写了8封信。信里她平等地与儿子讨论情绪、爱好、竞争等话题，展开想象，使"长大是一件扫兴的事"变得有滋有味起来。在后记里，她坦言："他在秘密生长，我也是，压力与焦虑并存。"看来，《我也在秘密生长》的"我"，既是作者本人，也是孩子。这个主题贯穿本书始终。

本书分三个部分：生活随笔类的"杂树生花"、作者日常阅读体会类的"苔花如米"、母子共读类的"凯风成薪"。虽然编排时，苔米将日常生活趣事、随感放在前面，可重心还是压在"凯风""成薪"上，凯风指母爱，成薪则希望孩子长大成才。全书头篇第一句话就表明了作者态度："老母亲是一门职业，是斜杠前的第一个斜杠，哪个老母亲不是身兼多职，十八般武艺俱全呢？"随手翻阅这些文字，处处可见作者担当母亲角色的小心、精心、创新。参照"下厨房"攻略赢得儿子味蕾；望着不尽如人意的成绩努力控制住焦虑；中考前带着儿子的信任代打网游；一起坐在宁静书屋练习书法……我深有感悟，难道这不是一本"亲子蓝皮书"吗？有温情，有探索，更有对未来的期盼。

教育是父母的永恒课题。说起教育经，人人都有一套。苔米将儿子融入生活一切要素，真诚地呈现喜悦、彷徨、低落，这是一件不简单的事。我认为《傅雷家书》中的一句话能够说明问题："母性的伟大不在于理智，而在于那种直觉的感情。"也许苔米母子都认为这是件顺理成章的平常事，书中常调侃的"母慈子孝"是常态。其实并非如此。托拜厄斯·沃尔夫的自传《男孩的生活》里，男孩因生活颠沛流离，而与母亲的关系发展出一种超乎寻常、近似心灵感应般的默契。现实中，这种"险绝"境况毕竟少数。通常情况下，我国父母可被称作"沉默的大多数"。其中有两层含义：一是不知道给子女说什么，二是不愿意说什么。的确，有什么好说的呢？学习、生活套路都是自己摸索出来的。或许有人会说，爱子女是人之本性，无须多言。苔米把母子情感历程完整记录下来，不光有爱，还有更多作为母亲的责任。母爱通过责任而升华。在儿子面前，她角色众多：厨师、陪练、快递员等，因为"不知道从什么时候起，他熟练掌握了我的情绪开关。"她与自己和解："克制好自己的焦虑，关爱并小心翼翼地保持距离。"她放低自己："只要他路过我身边，我就愧疚不安，总觉得自己还不够努力（打游戏）。"她征询意见："（公众号）有点烂，但有没有那么烂，感觉挺好。"而这些只是"蓝皮书"的一个方面：关于日常生活的"亲子攻略"。

苔米巧妙地将阅读与教育结合在一起，尤其是儿子学校列出的读书计划，她在"我做的阅读题，总是与标准答案相去甚远"后，觉得"不如我来同读。"让我们来看看母子俩共读了什么书？《俗世奇人》《乡土中国》《你当像鸟飞往你的山》《一生自在》《朝花夕拾》《杀死一只知更鸟》《了凡四训》《秋园》《树上的男爵》《人类群星闪耀时》《简·爱》《世说新语》等，涉及古今中外文学名著，可见现在中学生课外阅读要求宽泛而严格。苔米将作品阅读与儿子学校生活挂钩，通过阅读检讨自己教育得失。有一次，儿子在学校顶撞老师，她觉得那几天心力交瘁，幸好当时刚读了毛姆笔记，才让她觉得现实中的问题和矛盾也曾困扰了毛姆这样的大作家，并以毛姆引用的雷昂修士的话自勉："生命的美别无其他，不过顺应其天性，做好分内之事罢了。"她将读书体会与儿子共享。读过《了凡四训》"立命之学""改过之法""积善之方""谦德之效"后，她抄了摘要放在儿子书桌边，"但愿他繁忙的学业之余能抽空看一眼"，因为"《了凡四训》显示了中国人信仰体系里通达的一面，透过自我修行去创造美好生活。"通过阅读更新自己的教育观。《你当像鸟飞往你的山》是一本女性自我成长之书，对苔米触动很大，"教育不是施教者完成的，是被教者的自我找寻。对我的孩子，要深爱，更要放手！"

其实，即便苔米自我阅读，也紧紧地与儿子结合在一起。翻开散文集第二部分"苔花如米"头篇，标题便是《你的灵魂就是整个世界》，这是《婆婆吠陀》里的一句话，也是年轻人去探索世界时激情澎湃的样貌。也许，写下黑塞《悉达多》读后感时，出现在苔米眼前的是那个熟悉小伙子的身影。儿子长大，意味着自己老去，甜中带酸。《暮色将近》《一个名叫欧维的男人决定去死》的读后感言是："坦然接纳真实的自己"和"孤独是每个人要面对的难题"，如果连起来读，岂不是："坦然接受孤独"？她知道儿子迟早要飞向更高的山，"生命的奥秘不是要解决的问题，而是要经历的现实。我们必须随着进程的进展而前进，必须顺其自然。"在诸多哲学问题中，人生意义是终极问题。人生到底有没有意义？苔米得出的结论有点出乎意料。叔本华《人生的智慧》给了她启示。"有趣可抵岁月漫长，人生就是一场又一场的奇遇。用有趣的心情等待，就会遇到有趣的人和事。"

回到艾玛·雷耶斯。《我在秘密生长》读后感"幽暗中的微光"，苔米写于感染新冠病毒期间。她想起了幽暗岁月里想念着阳光、原野和自由的小艾玛："世界吻我以痛，我却报之以歌。"她想到"或许最重要的，就是最不为人知的。人生中起决定作用的，往往就是那些隐性的东西。"苔米对儿子的爱、教育、平等相待、互相学习等，就是日常生活里的隐性东西，引导着儿子走上健康成长之路。《我也在秘密生长》，这本温暖的"亲子蓝皮书"，值得推荐给每位母亲阅读。也许只有到了很久以后，男孩才体会到这本书的珍贵。那时，男孩也会有自己的孩子。血脉就这样代代相承，儿子终将变成现在的苔米。

王啸峰

著名作家、中国电力作家协会副主席、江苏省电力作家协会主席

2023 年 8 月 18 日

目录

杂树生花

苔花如米

凯风成薪

附　录

杂树生花

斜杠老母亲的新幻想

老母亲是一门职业，是斜杠前的第一个斜杠，哪个老母亲不是身兼多职，十八般武艺俱全呢？

彤姐儿说要报名学电工的时候，我以为她是在开玩笑。一把年纪学电工？有啥用？然而老母亲的学习不是按有用没用来衡量的，她不但学完了，还考出五级电工，令人大跌眼镜。我问她："拿了证以后呢？出去打工？"彤姐儿笑着说："至少可以换个灯泡，修个插座啊！我还有个朋友学了电饭煲维修呢！"如今"70后"、"80后"的老母亲们哪个不是从高考的独木桥上走下来的，学霸学神大有人在。儿时没有自由选择的权利，如今有闲有钱大可以重新来过。

随着00后的崛起，老母亲们从照料吃喝的低级阶段，迅速转换模式，进入了陪读接送的高级阶段。一节课短则一小时，长达三小时，时光漫漫，如何打发？每个公众号都在宣传，陪伴才是最长情的告白。当妈的不陪娃那是不负责任。陪伴还分质量高低，简单的刷手机那都不叫陪。正是被这样的口号洗脑，一大批斜杠老母亲应运而生。

　　我去欧风小语种报名的时候原本计划学西班牙语。据说西班牙语发音容易、语法简单、应用还特别广。等和课程代表一沟通，问题来了，报班没那么容易，限制条件很多。首先，教室必须在儿子的课外班附近，这样接送才方便；其次，得迁就儿子的时间。儿子的英语课每周一次，每次三小时。送完上楼花 20 分钟去欧风教室，再花 20 分钟折回头，掐头去尾一节课最多只能两小时。长期班？不能报，早晚班？不能报。一周一次两小时，佛系学习最适合我。找不到同学？那就一对一啊。近期只有法语开班？得！那改学法语吧。我就是这么学上了法语。

　　每个人都说法语是全世界最优雅的语言，却没有人告诉我优雅是用超高的难度系数换来的。h 不发音，r 的发音像吐痰，读个数字吧像做数学题，语法句式多得数不胜数。法国人的脑回路都是怎么设计的？ 98 念成 4*20+18，天啊！数字还没念完一道数学题都做出来了，谁说法国人数学不好的？谁说我跟谁急！小时候读书总想得第一，得弄清楚每个知识点，而现在，我一点儿也不急，背不下来？没关系啊，再背一遍呗，背 10 遍总能记住了吧。我在家里买了块白板，每天晚上写 10 个中文词，由儿子翻成英语，我再给翻成法语。苹果，apple，pomme；八，eight，huit。写着写着，就写不出了，我总是比儿子差一点，中年人的记性确实也要差一点，儿子赢了有成就感，我输了，同样有成就感。

　　转眼就是三年，我的闺蜜老母亲们谁也没闲着，燕子成了瑜伽高手，在高悬半空的彩带上翻出了花；小鑫开始了健身时代，一边健身一边宵夜，实现了肌肉稳步攀升，体重也稳步攀升的神话；晶晶一边带娃一边考证，一举拿下了注册咨询师、注册结构师和注册人力资源师；红梅研究烹饪业余写博客写公号成了大V，她谦虚地说，我不过是个程序员/作家/营养师。一大批斜杠老母亲火速上线，赢在了下一代的起跑线上，她们发现，原来除了陪读，她们也可以这样，她们还可以那样，她们的中年比青年更精彩。

拖拖拉拉学了三年，我的法语课终于在近期结课了，儿子通过了剑桥PET考试准备迎接小升初，我自己拿到了法语DELFA2证书，基本可以应对日常对话。老母亲是一门职业，是斜杠前的第一个斜杠，哪个老母亲不是身兼多职十八般武艺呢？人生就是一场马拉松，年轻时，我们一边跑一边与对手比较，怀着梦想跑向未知的终点，坚信着美好的未来就在前方。有了娃却发现，原来人生不仅是一场马拉松，可以有不同的终点，可以重来，无须比较，只要学下去就好，每一个新的幻想或许就是下一个新的斜杠。

那些我不擅长的事

我常常想，假如生命重来一次，我会做些什么，我又能做些什么。那些人们眼中令人艳羡的事，那些忙碌时心向往之的事，真实现了又如何。好几年前有封极具情怀的辞职信爆红网络。一共只有十个字，"世界这么大，我想去看看。"一石激起千层浪，每个被生活磨平了棱角的人都动心起念，原来还可以这样。世界这么大，谁不想出去看看，可真能转身就走的，没有几人。更何况，真走了又如何？换一个环境，过的无非还是普通日子。侍花、煮茶、写字、画画、烹饪、摄影、运动，哪样不是寻常人生。我们到底为什么活着？漫长人生，由无数个日子串联而成。如何度过，每个人有不同理解。罗素说，对爱情的渴望，对知识的追求，对人类苦难不可遏制的同情心，这三种纯洁但无比强烈的激情支配着人的一生。饮食男女，大欲存焉。最好始终保持对周遭的好奇心、对他人的同理心。改变不了大环境，就调整小氛围。努力去尝试那些我不擅长的事，笨拙地探索生活趣味，也是有滋有味的烟火人生。

莳花弄草

有两件事促使我去莳花弄草。一是汪曾祺的文，二是小红书APP的推荐。汪曾祺说，"我以为，最美的日子，当是晨起侍花，闲来煮茶，阳光下打盹，细雨中漫步，夜灯下读书。"小红书上一位温婉的女博主一边优雅地拎着水壶给庭院中的花草浇水，一边道："每天早起劳作，坐在花丛中喝咖啡，闲时约上三五好友，摆一席院内烧烤。"这番景致，令我心神向往。

我家的阳台只有几平方米，尽管简陋，但我的想法却很丰满：打造属于自己的空中花园。首先得买个花架，还得买个茶几，不然在哪儿喝咖啡？有了茶几还得配藤椅，不然躺哪儿看书？我迅速打开淘宝APP购物下单，然后进入甜蜜的等待。地毯居然是第一个到货的，尺寸没量准，有点大，换也麻烦，凑合着用吧。第二个来的是藤椅，我吃了一惊，摆阳台太委屈了。我挤挤挨挨地把它们和茶几堆在一起，很像在小人国里摆上了大家具。灵机一动，我又下单买了块桌布配搭，终于，有点儿模样了。

真正与花儿亲近，是从买了几盆多肉开始的。我卖力地早也浇水晚也浇水。很快，可怜的多肉就被勤奋的我浇死了。请教各路大神专家后才知道，除了生长季，多肉植物的需水量极少，个把月不浇是常事。虽然懊恼出师不利，我依旧不断给自己打气：多肉不算，枝繁叶茂、繁花似锦才是花。

"其间旦暮闻何物，杜鹃啼血猿哀鸣"。果然，想着红英，就来了杜鹃。老公捧回一盆红艳艳的杜鹃花，特别强调十分好养，两三天浇一次水就行。两天还是三天？我反复追问。回答更简单，只要摸摸泥土，干了再浇。这盆杜鹃花染红了整个春节，过后便开始萎靡，花朵们覆盖在绿叶上，像一张张被揉成团的餐巾纸。我花了一整个上午修剪，腰酸腿疼，站起来的时候两眼一黑差点晕过去。更可怕的是，不知为什么，杜鹃的叶子开始发黄，轻轻一摇，如同秋风扫落叶。天地良心，不过才是谷雨，本是万物复苏的季节。

不死心，我又去花市买了一盆绣球。老板说早晚各浇一次水就行。杜鹃看来还是麻烦，浇水以泥土干为标准，什么叫干？是粉尘状算干，还是板结状才叫干？还是绣球简单，有章可循、清晰明了。我追着小视频看别人家铺满整个山坡的绣球花海。耳际掠过《空与海之诗》，想象自己是蜂鸟，在巨型绣球花里，自由自在地穿梭遨游，什么都是美的，美又升华成空，"无所从来，亦无所去"。然而理想总是丰满，现实却是骨感。早晚一次，做到还是有困难的。早，总是急慌慌出门。晚，难免有事牵绊。我和绣球的见面频次像一对异地夫妻，隔三岔五才能一睹芳容。绣球谢了还得剪枝，是整球剪掉，还是一朵朵剪掉？我反复尝试，分类比较，感觉不对，又说不出哪里不对。

花儿与我，是际遇，也是教育。时值酷暑，阳台像蒸笼，无法涉足，更别提看书赏花听音乐了。难不成再去买个空调扇？"干啥啥不行，装备第一名"，想想还是算了。神仙姐姐发的花园朋友圈依然让我垂涎三尺，硕大无比的百合，深浅不一的三角梅，仙气十足的铁线莲。反观我的"空中花园",万紫千红一概没有,残花败柳倒是一应俱全。有些美好,与其拥有,不如远观。赏花,我心向往之;养花,我是真的不行。

得失方寸间

小时候,父母对我说:"老话说,字如其人,见字识人,你得好好练字。"怎么练,他们没说。我跳过毛笔字,临摹实用的硬笔字帖。他们倒也赞成:"先描着,养成习惯,字迹与字帖合二为一,再分开,字就练成了。"父亲曾带回来《庞中华硬笔书法》。因此我心目中的书法大家一度只有庞中华,很久以后才知道颜真卿、柳公权,再后来才是黄庭坚、赵孟頫等。

其实,我对"字如其人"很长时间都心存疑惑,难道不是"字如其帖"吗?如果我特别认真地临帖,假以时日,练就清秀娟丽的庞中华字体,写得跟他差不多,那也是很有可能的。不过,20世纪80年代,全国那么多人在同时学习庞中华,难不成人人都如庞中华?"见字识人"更有点莫名其妙。大家都把庞中华字体练得炉火纯青,那么,透过字,还能了解到不同的人吗?

不管怎样,练字一直是我挥之不去的念想。中学时期,课间一项重要消遣就是练字,我与同桌互相比拼,每天在本子上写来划去,学不同字体,练花式签名,最后我俩字越写越像,楷书过渡到行书,以认不出为荣,还经常代表对方家长互相签字。因为过于追求"流畅"和"美感",我写出来的字,骨架大、笔画潦草,大体看着还不错,细看横竖撇捺缺章法,间架结构起不来。

我一直想找个机会从头学起，从字形的基础结构开始练习书法。

儿子开始练字，我心中窃喜。我俩一起报了书法班，一本正经从零开始。没想到，像我这样的妈妈学员还挺多。十来个孩子练书法，跟着一起用功的起码有五六个妈妈。小朋友们大多从隶书开始。对我们，老师很客气："随意随意，想学什么都好。"她拿出一堆字帖：曹全碑、九成宫醴泉铭、勤礼碑、玄秘塔碑等。赵孟頫飘逸潇洒的字，一下子征服我。心想必能克制自己写字歪歪斜斜、中气不足的毛病。

练字先需折纸。巨大毛边纸一裁为二，然后叠成与字同大的方块，打开便成一张隐形方格纸。最基本的还是临帖，看一眼写一划，写完一行，老师过来批改。写到位的部分画红圈，凭足够的圈圈换一个小礼物。老师以鼓励为主，一张纸上常挂满漂亮红圈。不过，圈多在笔画上，整字画圈很少。老师又会选出整张特别顺眼舒服的，挂墙展览。

成人练字，困难很多。姿势首先就是问题。我坐在矮凳上写，下意识地跷二郎腿，字随腿斜。悬腕更是难关。老师教我将左手垫在右腕下方，等练熟后再抽空。可还没等左手解放，右手手腕就抽了筋。中锋运笔难上加难。欧阳询曾说："每秉笔必在圆正，四面停均，八面具备。"我抖得像筛糠，一年以后才勉强停妥。练字是技法，熟能生巧。书法是艺术，见仁见智。我大概率练不成一手漂亮字。不过，写着写着，所思所悟挺多。练字时光，自己与内心独处，将每缕心思凝于笔尖。写一撇，扫过岁时；按一捺，海阔天空。天大的事，被排除在光年之外，等写完再说。

年轻时，总想证明自己，做什么都想求表扬。年纪渐长，慢慢明白，自信自愈才是正解。正所谓"心外无理，心外无物，心外无事"。在课堂上写完，我不再去张望墙上的优秀作品，而请老师勾选写得不好之处。只要用心去写，总有所得，总有改变，小进步也有大欢喜。

去年，参观天津李叔同故居时，我拍了一组照片。当时没留意，近日翻看时发现，"李叔同"与"弘一法师"的字体截然不同。突然间，我体悟到"字如其人、见字识人"的道理。字体无好坏，融于字里的"急、缓、促、舒"，表露心境与品格。写字于我是与自己静处的方式。弘一法师写下最后的偈语："君子之交、其淡如水，执象而求，咫尺千里。问余何适，廓尔亡言，华枝春满、天心月圆。"无论写得如何，我满心欢喜。

与脂肪对决

清晨 6 点，王村花就在打卡群里发了一张电梯自拍。她穿戴整齐，手拿水瓶，一副准备跑步的样子。紧接着是一个表情：卷起来！等我发现这两条微信已是 8 点，扔掉手机继续躺了一会儿，心里的压迫感蔓延到全身。还是迷迷糊糊先起床。村上春树说："今天不想跑，所以才去跑。"我呢，每天都不想跑，断断续续坚持了好几年，也算是奇迹了。

5 年前我和王村花、黄小仙在健身房偶遇，慢慢地就混熟了。我们组了一个"打卡群"，有一搭没一搭地聊天。她俩很勤奋，我则三天打鱼两天晒网。每次健身后，教练都会把当天每人的运动量记录下来，王村花和黄小仙稳居前三名。群建了不到两个月，饭局却约了三回。照黄小仙的说法，我是运动没时间，吃饭很积极的典型。我能有什么坏心思呢，减肥是百年大计，吃饱了才有力气减嘛！但看到她俩更加玲珑有致，我也决定认真对待。她们对我说健身不仅仅是减肥，是一个让自己变得更好的系统工程。我相信"理论"，计划实施科学减肥，我买了《健身营养全书》《力量训练基础》和《如何成为一个身材有料的人》，读完了《当我谈跑步时我谈些什么》和《强风吹拂》。专家们说"三分练、七分吃"，一边是摄入，一边是消耗，两手抓两手都要硬才行。经过认真钻研、科学计算，我认定最适合自己的减脂方案：摄入不超过基础代谢，一周保持三次四十分钟以上的运动。

开始健身时，我纠结于体重秤上的数字。打卡群里最热闹的是一日三餐。黄小仙做得一手好菜，比人还仙。她的菜蛋白质、维生素和碳水严格遵循配比，少盐少油、色味俱佳，我做不来。王村花通常买速食，罗森的鸡肉肠和蟹棒，寡淡无味、面目可憎，我吃不来。坚持吃了个把月的西兰花、彩椒和水煮蛋后，提拉米苏、冰激凌对我，就像"魔戒"在召唤。哎，我的身体需要红糖糍粑、冰糖猪肘。

任何事情形成规律，就会索然无趣。一周三次的力量训练只能改变肌肉的形态，要减脂还得配合有氧。我与脂肪的对决，旷日持久。有氧既枯燥又磨人，跑步、单车、游泳都很孤独。随着速度提升，呼吸变得急促，血液涌向肌肉，瞬间出现幻觉。而越过某个极点之后，又莫名兴奋，内心感到愉悦，思维变得活跃。配合音乐的律动，那些难挨的时间倒也过得很快。有氧不只是一

天的工夫，要落实到每天真的很难。风吹日晒、感冒发烧，每一
件事都是借口，都是阻碍。

5 年后的今天，黄小仙腹肌已练成网格状，王村花可以毫不
费力地完成 40 公斤臀推。虽然我的马甲线还埋在遥不可及的脂肪
深处，却也收获了专属喜悦。记得我第一次跑玄武湖，一瘸一拐
喘不上气，5 公里时就恨不得掉头回家。而现在，运动地图上是
漂亮完整的 9.2 公里合环。简单的事情重复做，重复的事情坚持
做，我的成就感满满。

不知从什么时候开始，体重秤上的数字不再困扰我，愉快地
饕餮一顿，再尽情地运动一场，我不再纠结饮食的配比和推举的
重量，这是一场动态的平衡持久战，只有了解自我，才能掌控自
我，从而战胜自我。

傍晚时分，我毫不犹豫地把 6 公里坡度跑发在打卡群里，谁
怕谁呢，宁可累死自己，也要卷死别人。不都说吗，和优秀的人
在一起才会让自己更优秀。

一家人的三餐四季

我有个短板，不擅做饭。炒青菜太咸，炒肉片半生，番茄炒
蛋没有番茄味，总之永远棋差一招。根源在我妈。她做饭特别好
吃。每次下馆子尝到好菜，稍加琢磨，她便能"原菜复制"。烧饭
是她的爱好，厨房是她的领地。她的拿手好菜青菜肉圆汤，儿子
每周必翻牌子。她任"主厨"负责全家一日三餐，"把持"厨房几
十年，地位无法撼动。

　　总结下来，就是"用心"二字。每餐精心准备：冷菜先上桌，热汤温而不凉，小炒提前 10 分钟下锅。大家上班、放学回家，她可以精准匹配到坐下就开动。每天，她都要问清楚吃饭人数、时间。在她看来，吃饭应有仪式感。一天中最重要的时刻，莫过于一家人围在餐桌前吃她做的菜。而她，总是最后一个上桌。她仿佛掌握魔法，让人与食物之间能和谐美妙，这超越了味道本身。

　　显然，我没有学精厨艺的紧迫感。小时候在妈妈身边看。她总是说，"去去去，读书要紧"，偶尔同意教两招，也多是应付。几次下来，我觉得她不是个好老师。一边实操，一边讲解。"煎鱼我不大行，你爸煎两面黄、不掉皮。""煎好后，喏喏，加糖加盐，倒酱油，加水盖过鱼身。哎哎哎，火大了，关小点！"我自作主张添作料，每次都手忙脚乱。学不好，也不能怪她。后来，翻美食杂志，大多数菜谱都没有精准描述，过程很详细，分量很写意。盐少许，糖半勺，少许是多少，勺是多大号？全凭感觉。老妈常说，做饭这事吧，多做做就会了。话是真理，可她就是不给我机会。

　　分开住后，老妈还是每天穿半个城来我家做饭。一边抱怨一边乐此不疲，看到外孙吃得赞不绝口的样子，她笑得合不拢嘴。每个人都需要实现自己的价值。厨房是她的舞台，我从不敢觊觎。我为自己的懒找到正大光明的借口。我真正下厨，是从买了一台厨房机器人"小美"开始。有了精确的指示，只需要找到菜名，按图索骥即可。500 克排骨配 50 克冰糖，机器自动烹煮 25 分钟，"小美"做出来的糖醋排骨是上海菜味道。"小美"操作便捷，很快，我就能烧出一桌子菜，颇有大厨风范。可问题来了，面对丰盛菜肴，儿子并不买账。他说："这不是阿婆的味道。"这就很难了，"小美"模仿的对象是职业厨师，而儿子认为，味道与阿婆的相似性才是最重要的考核标准。

　　终于轮到我掌勺。一是因为疫情，二是因为阿婆生病住院。我抖擞精神，全心投入。人的潜力是无穷的。很快，我也能在一小时内弄出一桌饭菜，荤素搭配、香味扑鼻。至于味道嘛，见仁见智。老公要口味清淡，儿子要肉香浓郁，我要营养搭配。需要考虑好每个细节和要素。我常挂在嘴边的是："有的吃不错了，凑合吃吧。"儿子表示无奈，毕竟大勺握在我手里，只能听我的。渐渐地我发现，"小美"确实不尽如人意，机器刻板，有调整等待的工夫，一口炒锅早就三下五除二搞定。"下厨房"是我的神助攻，只有想不到，没有"下厨房"做不到的。我输入"排骨"，APP 会自动关联所有"排骨"菜式，配料也清楚明了。烹调方法更是五花八门，甚至可以在评论中比较一下菜谱的安全性、可靠性、营养度。有了"下厨房"，从未尝试过的新奇菜肴，也可以快速出锅。我渐渐明白写意的重要性。中华美食博大精深，随手一挥便是不同滋味，确实只有反复尝试，不断改进才能赢得儿子的味蕾。

　　下厨简单，做出阿婆味道才是难点。平凡的柴米油盐造就熟悉滋味，浓浓亲情融化在日复一日中的烟火气中。一家人的三餐四季，才是生活的真正要义。习以为常的团聚餐，在若干年后，会成为最珍贵的记忆。而激发回忆的可能是一块红烧肉、一碗青菜肉圆汤。我坦承，关于下厨这件事，我是无法超越我妈了，"君子远庖厨"，就让我做个摆烂的"厨二代"吧。我希望儿子能记住阿婆的饭菜香，更希望他能接过阿婆掌的勺，让我心安理得地继续摆烂。

时间的魔法

我朋友圈里有几位活跃的摄影爱好者。A君热爱旅行。虽说十天半个月才冒个泡，可发出来的图却惊艳绝伦。我稍加点评，他就发来一大堆得意之作，全都原图发送，丝毫不考虑我手机内存。他谦称学生，随大师们到处蹭拍。在我这个摄影小白心中，他俨然就是摄影大师。B君则专心拍鸟，最初的作品大多远观，鸟儿们一群群、一对对镶嵌在花木丛中。后来，作品则越来越聚焦，鸟儿喂食、鸟儿衔泥、鸟儿振翅，想必是鸟枪换了炮。最近的作品则变成了小视频，配上文字，花儿传情、鸟儿说话，意趣丰富。我最欣赏的却是C君，他每次只发一张图，每张图都富含哲理。绿荫道蜿蜒盘旋，一对奔跑的红色背影似乎双脚离地；日光下，一大簇紫薇花探头探脑地越过墙头……那些图，留给我无限遐思。

美图美景，我也喜欢。拍出好照片一度成为我的理想。我请教摄影大师，学摄影很难吗？很难。首先要起早贪黑。大师告诉我，清晨最佳的是天光未明，天边亮起鱼肚白。傍晚也是如此，夕阳西下彩霞飞，云层丰富五彩缤纷。我做不到，早上我还在睡，晚上我还想吃。摄影器材也是难题。我买过几个相机，单反机身和大小镜头也配了，钱花了不少，水平却只停留在三部曲的阶段：打开电源、放平相机、咔嚓一声。最困难的是设备太重，天遥地远地背去目的地，连打开相机包的劲头都没有，更别提换了场景还要换镜头、移三脚架。耐心，对于毛毛糙糙的我也是问题。大师说要耐心等待，时机可遇不可求，有时候同一地点连续守好几天才能出一张片子。天哪！出门旅行难道不是为了享受吗，这样蹲守有什么意义呢？

很久以后，我才悟出点名堂来。一个夏日午后，我在玄武湖散步，看到一群拍鸟人扎好马步排成队，瞄准湖心岛上一群鸟。光看他们，我已感到酷热焦躁。买了一支冰激凌，我坐在阴凉处默默观察。烈日下，他们戴着帽子，用手挡在额头上看相机，时不时交头接耳讨论、指手画脚谋划。他们的后背全被汗水濡湿，然而笑容却无比灿烂，那是感知的快乐，更是分享的快乐。我突然想起大师的话来，只要出了一张好片子，那么所做的一切都是值得的。

透过照片，看见美丽，更能感悟瞬间艺术背后的辛苦和坚守。大师随手拍下传来的璀璨瞬间，呈现出这四十年来的变化：江水更清、森林更翠、鸟雀更多、花儿更艳、建筑更高、街巷更新。世事更迭、城市变化，我们身处其中，总要留下些痕迹。我不擅长的事很多，但我想一一去尝试、去感受。生命的意义是什么呢？或许就是让我们体验百般滋味，不要白走了这一程。自忖吃不起摄影的苦，我选择用另一种方式向生命致敬：做一个观察者和记录者。生命中那些美好的瞬间，应该通过多种方式去记录：文字、影像、声音。这个城市集聚了形形色色的人，每个平凡的人都在努力生活和工作。我想施展一点魔法，把那些有滋有味的瞬间停留下来，瞬间成永恒，未来变现实。

最美时光遇见你

转眼就是一年。去年此时，我在苏州短暂工作。一直在南京生活，并未真正离开过，导致这一次的工作变动让我不知所措。距离是相对的，地图上区区 220 公里，感觉却像隔了太平洋。他们亲切地微笑，说我听不懂的吴侬软语。他们用慢板速度，井井有条地处理一切。我每周焦灼地往返于南京与苏州之间，暗自祈祷能早日回家。这座城市，我从未想过会发生联系，也未曾想过会再无关系。

时间像一条细线，可以拉长，也可以缩短。随之不断变形的是人的记忆。当时觉得难忘的、鲜活的，随着时间的推移已经慢慢褪去颜色，再不记录下来，只怕都要忘了吧。

如是我闻

平素里习以为常的生活，即便原封不动地搬去另一座城市，好像也变了味道。在苏州的日子里，伴随自由而来的是无所适从的空白。生活节奏瞬间慢了下来，不用早早起床送孩子上学，不用匆匆忙忙赶回家做饭。火急火燎、鸡飞狗跳的陪读生活都被抛在电话那一端。然而这种空洞更可怕，是一种有力无处使的焦虑。为了填平心中的空白，我努力地在这座陌生的城市里捕捉熟悉的生活元素，首先是声音。

不想说话的时候，就听歌。只要戴上耳机，熟悉的世界就回来了，因为可以自己设计。然而拿掉耳机，还是陌生的。宿舍附近的面条店老板是个安徽人，常常操着生硬的苏州话和当地人聊天，我大概听个半懂，有一次他说急了冒出一句："不要烦了！"倒有点南京话的味道。

一座城市的触感首先来自于语言，第一次出国是去埃塞俄比亚，遥远陌生的非洲国家，当我内心惶恐地走出机场，发现并没有想象中那么难，标识路牌大部分都认识，说话勉强可以交流，顿时放心了许多，对亚的斯亚贝巴凭空增加了几分亲切感。而初到苏州是陌生的，苏州话比英语还难，看得懂听不懂，完全不同的语系。从留园去苏州博物馆乘游1路，公交报站一遍普通话一遍苏州话，基本对不上。问路遇到老年人大多鸡同鸭讲，年轻人也会下意识地先冒出苏州话，看到你茫然的表情以后再自如切换。男人和女人说起苏州话来感觉也不同，女声软糯甜美，男声柔中带刚。语言本身自带气质，外地人学苏州话，语调学对了，腔调却往往不对，男生尤其容易显得娘。饭局中只要有苏州人在一起，三杯酒下去，必然开始说苏州话。甚至在苏州生活了一段时间的外地人，时间长了也往往改了乡音。我理解这是一种文化自信，是富足带来的自豪感。

在这里，评弹不仅是文化，也是流行小调。我有一个大学女同学，看起来高大爽朗，皮肤黝黑。有两点让我认定她骨子里是苏州人，一是爱织毛衣穿衣服讲究料子；二是爱听评弹，晚自习我们都听流行歌曲，唯有她的耳机里传来的是弹词开篇，我那时才知道，原来传统乐曲真的有年轻受众。平江路有个评弹博物馆，江浙沪 6 元，其他地区 20 元，按身份证交钱，我进去看了一下，游客居多，评弹成了一张新的城市名片。不管怎么说，在我看来，只要是爱音乐的城市都是曼妙的，无论推崇的是什么样的音乐。

古城千年

估计每个南京人或多或少都会有一点关于苏州的记忆，"上有天堂，下有苏杭"，苏州是离南京最近的旅游城市。老相册里有一张和虎丘塔的合影，我斜斜地站在虎丘塔前，神情凝重，看起来像另一座塔。当时并不知道虎丘会成为婚纱圣地，更不会想到我的婚纱也来自于虎丘。虎丘，就是我对苏州城最初的印象。

老城不大，百度地图能清晰地勾勒出一个被运河围绕的古城。拙政园、网师园都是地图上醒目的注点，我在文庙看到过一块平江图的碑刻，据说是南宋平江府的城市平面图，与百度地图上古城步道的轮廓十分近似。历史变迁，风云变幻，这座古城仍顽强地固守着旧貌，等待我的光临。

古城步道被列入苏州最美的跑步路线，我表示质疑，美则美矣，却不适合跑步，步道太窄，上上下下台阶很多。下班没事我就穿了运动服去跑，劳动路跑到古城步道最近的入口也要1公里多，一圈下来16公里不到。用脚步丈量这座城，有别样的韵味。劳动路并入三香路，地铁口旁边就是步道。对于以商场、书店为标识的我来说，问路是个难题。每次问路，当地人都会清晰地告诉我要向南向北，我却一头雾水。抬眼一看都是窄巷里弄，他们的方向感从何而来？

对我来说，古城步道方向难辨，因为你的右边永远是一条河。沿着护城河一路向前，并没有明显的转折。盘门过去是桂花公园。场地稍微开阔一点就有人跳广场舞，有男有女，最特别是有不少年轻人。再往前是相门，印象中相门最为高大，水面也最为开阔，不远处就是苏州大学。这半城夜景最佳，一路沿河的建筑物点缀着彩灯，桥落水中影，水映桥上人，伴着不知何处传来的昆曲，咿咿呀呀莫名其妙地坠入千年。万年桥、新市桥、吴门桥、人民桥，一路行来一路认读。南京有一个地名叫三步两桥，想想要放到这里才真正合适。盘门在南，阊门在北，相门在东，胥门在西。一圈转下来，终于明白，方向坐标在这里。据说苏州老城建筑都不超过北寺塔的高度，那么，东南西北抬眼望望便是了。

老城里的居民不知为何执着于此，他们穿行于狭窄的弄堂，低矮的屋檐下挂着空调室外机。初夏时光，一个肤色黝黑的中年男人从巷角的杂货店出来，拎着一把刚买下的扫帚，想必是进城务工人员，真正的本市人应该都搬迁了吧。几次跑步路过盘门公园，门票40元一张。唯有一次早起晨跑，工作人员操着苏州话坐在门口闲聊，并没有人收票。我毫不犹豫进去溜了一圈，瑞光塔、吴门桥转了个遍。他们是我概念中的苏州人，闲散写意，骨子里看不上这五斗米。

一面湖水

童年记忆中的苏州是虎丘、狮子林和观前街。不知道是不是因为人小，所以记忆中的城市特别大。记忆中的观前街怎么也走不完，我高举着双手去牵我的爸爸妈妈，努力地跟上他们的步伐。每到妈妈开始在柜台前挑挑拣拣，爸爸就会给我再买个甜甜的糕点，我三口两口吃完，快速走向下一个柜台的转角。三十年后再来苏州，老城依旧在。有几个晚上去观前街觅食，一路走一路看，得月楼、松鹤楼，没两步就到了美罗，似乎就是观前街的尽头。这条记忆中的直线收缩成短短的线段。与此同时，古老的平江府也迅速收缩成苏州市的一角。

被子来的那天，我们约了在中央公园见面。我曾经住在南京的中央公园附近，不知道是不是每座城市都有这么个地方。两个城市，古老与现代并存，中央公园都在新城。我到早了，决定先在周围走一走。地铁站出来就是浓荫，广场与绿地平铺直叙，像所有新建的市民公园。公园不大，5分钟左右就穿到了另一边，正对着东方之门。

那天天很蓝，风和日丽，被子牵着一双软糯的小儿女微笑着从东方之门走来，那个画面定格在我的记忆里成了幸福的代言。我们转去李公堤旁吃饭。选了个湖边的位置，面对面坐着，阳光浓烈，玻璃窗直落地面。转头看出去，湖面上蒸腾出白茫茫的水汽。这是我熟悉的生活，却是记忆中陌生的苏州。没有庭院深深，没有小桥流水，没有纸伞雨巷，一个完全现代化的苏州，却还是苏州味道。

去诚品书店闲逛的那晚我偷懒打了辆车，下车抬头一阵眩晕。仿佛站在小小的天井里，周围都是高楼，有身在魔都的既视感。晚上 7 点左右，四下里灯火通明。金鸡湖畔布满了林林总总的饭店商场、健身中心和电影院，汇集了一切现代化的城市元素。台北没去过，但我一直心仪诚品，江浙的第一家开在了苏州。书店很大，台版书多，书店的功能要逊于商场，我匆匆地环顾一周。选书的人挺多，或站或立，静静地读着。从诚品走到金鸡湖畔 5 分钟左右，湖面宽阔，有风袭来，东方之门静静地矗立在湖的对岸。那一刻，耳机里恰好传来齐秦的《一面湖水》，湖水是躺在地球表面的一滴眼泪。我随手翻了翻手机上的百度地图，金鸡湖和独墅湖像一对心肺，金鸡湖稍小在北，独墅湖较大在南，是这个新城的心脏和动力。我突然开始理解苏州人的恋家情结，一个城市有水就灵动，老城的水蜿蜒流长，新城的水万顷烟波，新苏州人生活在园区，洋的生活，雅的本质，俨然幸福天堂。我们苦苦追求的是什么，不就是幸福吗？

苏州有什么不好呢？我真的说不出。南京有的这里都有，比如桃园眷村、无印良品，南京没有的这里也有，比如诚品和钟书阁。那个晚上，我独自站在湖畔，看着通明的灯火一点一点地暗下去。想来想去只有一个，这座城，于我是宿舍，准点熄灯。

游园惊梦

没想到那么快回宁，原计划把园林走遍，最终没来得及逛完。我想拍春天园子里的花，想拍冬季屋檐上的雪，结果并未等到四季。西园寺、留园、网师园、环秀山庄、沧浪亭、可园、文庙，集齐7个是否可以召唤神龙？我在一天天的默念中离开了。回想起来那么多园林大同小异，忘不了的是艺圃。

对外地人来说，艺圃有些难找，送我去的出租车司机再三跟我道歉，送不到的啊，找不到你再问问。我不得已在100米不到的地方开了导航。即便是这样，仍然难找，一路都是小小的里弄，住得满满当当的人家，只是在小巷的拐弯处用红色油漆刷了艺圃二字。我看了看附近门牌，文衙弄，庭院深深深至如此。

与各大名园相比，艺圃只能算是个二线明星，若不是从某本书上循迹而来，恐怕就要错过了。冥冥中，一切都是未知的缘分。艺圃不大，进门未见照壁，只有一高一矮两面墙构成的走廊迂回转圜，有点徽派建筑的风格。折了一弯后方见其门，之后才是传统布局的庭院。我到的早了些，整点才有讲解，于是我先转了一圈，整个园内并没有多少人，只有延光阁的茶室里闲坐了几桌。一如所有的苏州园林，艺圃同样是亭台楼阁，然而全部的景观左顾右盼，盈盈一握。正值夏日，凌霄与睡莲争艳，凌霄花娇羞攀于墙边，睡莲朴拙卧于水面，我有些恍惚，此情此景仿若梦中所见。我常常会有这种错觉，有些情景是否反复再现，有些事情是否已经发生？

导游照例是带着泛泛地讲了一圈，小姑娘顾盼生姿，神色倒是好看，我听得却有些走神，因为不少已经在书上看过了。唯有一个细节不同，导游赞美主人的气节，他正值盛年告老还乡，主动向朝廷请辞，那时大约也就是四十出头的年纪。书上看来却是因不愿与奸臣同流合污，迫害流放至此，不知孰真孰假。相比，我倾向于后者，前者多半是子孙的附会。极端执着与极端觉悟者能有几人，世道艰难，终究也都活下来了，再怎么冲动还是有分寸的。流言说多了就是真相，真相到底是什么又有多重要呢？

世纶堂、响月廊、鹤柴、浴鸥，小人物终究出不了世，总想在这世界上尽力地留下一点自己的印记，自古至今，无一例外。待转出来，走到金门，又完全迷失了方向，我怔忡着回头，一片破旧民居，完全不像有个园林的样子，好似梦一场。

直到今天，我的微信头像还是去年夏天拍的一幅可园，圆门洞天，像翻开一本封面简朴内容丰盈的书。圆以神、方以智，每一个造型皆有释义。四时风雅，那是我心中的苏州庭园。

余味绕梁

这些年去过很多城市，大部分印象不深，有些地方我再回想起来是因为味道，比如福冈不经意路过的一家鳗鱼店、火奴鲁鲁文身店旁的寿司、青岛五四广场上练摊的烤鱿鱼、广州随处可见的点都德，虽然大多摆不上台面，也未必值得推荐，但却刻在记忆里挥之不去。苏州是个有味道的城市，四时鲜果、时令食物尤其多。

一个人吃饭很无趣，基本没法点菜，我常常穿街走巷去寻小吃，临顿路的哑巴生煎，劳动路的绿杨馄饨，同得兴的枫镇大肉，裕兴记的三虾面。借名人之语寻当地美食是很无谓的事，口味原本就见仁见智，换了年代更不好比较。但说归说，每到一个地方，我还是会试着去探寻美食。有一段话我是赞同的，《天龙八部》阿碧对段誉逐一介绍说："四色点心是玫瑰松子糖、茯苓软糕、翡翠甜饼、藕粉火腿饺，形状精雅，每件糕点都似不是做来吃的，而是用来玩赏一般。"这才是苏州美食的精髓所在，吃的是一个"雅"字。

面是我的挚爱，大概因为爷爷奶奶是北方人，饮食上自然固守着面的基因。陆文夫在《美食家》里号召："快去朱鸿兴去吃头汤面！"于是我老老实实去寻。几家面店品尝下来，我反而觉得琼林阁的味道更胜一筹。一群人吃面吃的是礼仪，同得兴有个小小的包厢，可以坐上10个人，先上茶，再上浇头，琳琅满目地摆满一桌，最后才轮到面，并且是红白两碗。开始我没经验，每上一道菜就努力地吃起来，等面来了，已经完全吃不下了。独自吃面才是真滋味。浇头最多选两样，是鳝糊、虾仁还是大肉？选择困难症又发作。100元一碗的三虾面卖的是噱头，要说好吃还是大肉。五花肉看起来犹如一块白玉板，泡入热汤里立刻如鱼得水，几秒后变透明。入口一抿即化，肥而不腻。枫镇大肉只有在专属时令才有，大肉汤里加了酒酿米，吊出鲜甜的味道。两口汤喝下去立刻满头大汗，一碗面吃完既通透又畅快。明明只是一碗清汤面，离开苏州以后再难复制。橘生淮南则为橘，生于淮北则为枳，南京的朱鸿兴已然不是苏州味道，只能吃个念想罢了。

一个城市居住久了，味道自然就浓郁起来，胥城大厦旁边的星巴克、宿舍门口水果店的东山枇杷，一家巷角小店的藏书羊肉，存在感由此而来，在这个城市里我是一个特殊的存在，既不是匆匆过客，也安定不下来。

　　那年春夏，在苏州最美时光里，我来得匆匆，走得仓促。好似与"她"谈了一场短暂的恋爱，开始时一无所知，结束时回味无穷。

我被青春撞了一下腰

本来想把标题取为"当青春期撞上更年期"，后来想想还是不要胡乱念叨了，有些事千万别念叨，念叨念叨就会成真。其实现在的标题更加暴露年龄，不知道还有多少人知道《我被青春撞了一下腰》是一首歌，当年红遍南京秦淮河两岸，可称得上是夫子庙庙歌，歌手名叫张真。

一

昨天儿子突然郑重其事地问我，你好像很久没有更新公众号了，不会被封号了吧？天哪，我这才知道，原来我的公众号他是会看的。突然之间就飘了，并感到一丝丝压力，万一真的有人等着看呢？还得保持更新频率啊！于是，我进一步追问了一下，那你觉得我的公众号写得怎么样？说说嘛，怎么样怎么样？他沉吟了一会儿，谨慎地说："嗯，有点烂，但又没有那么烂，感觉挺好，但在好中又有一点烂，总之就是不好不烂中透着一点好，但又有点烂。"

二

明天的会议材料已经被我攒在手上很久了，是几个方案的比选，有图有表有计算。我下定了决心今晚一定要整明白。翻了两页以后，觉得有点口渴，起身倒了杯茶。路过冰箱又想，要不要打开吃个梦龙呢？忍住。坐回来再翻两页。接到几个微信，回复完顺手刷了两个脱口秀小视频，忍不住笑得前仰后合。儿子用诧异的眼神看了看我，绕开我去上厕所，转回来发现我还在笑，他摇了摇头恨铁不成钢地说："拖延症是人类的基本素养，这一点你儿子深有体会。"

三

跟学渣聊天，聊得愉快就会扯到学习，聊得不愉快更会扯到学习。为了缓和亲子关系，我努力地克制自己，尽量与他聊一些无关学习的话题，最近以听他说冷笑话为主。其实我笑点很低，常常笑得前仰后合。但他总是会不放心地追问我，你确实听懂了吧？没敷衍我吧？伤害性不大，侮辱性极强。

四

单位组织疗养，我结结实实地离家了几天。每天什么时候能够通话，通话多久，都取决于儿子的情绪状况。

有一天，在简短并敷衍地汇报完学习之后，他有意无意地提到有同学约他中秋节出去玩。我克制住好奇心没有多问。不知道从什么时候开始，我发现，成年人的喜悦往往不是得来的，而是忍来的。忍着忍着，就突如其来了。

果然，等到家以后，他迫不及待又若无其事地对我说："那个，你知道吧，有女生约我打完疫苗出去玩。"

"哦，玩啥呢？"我按捺住内心的喜悦。

"剧本杀。"

我小心翼翼地继续探索："是哪个女生呢？"

"是6个女生。"

"……"

"那，你想过为啥她们要约你呢？"我接着问。

"不是约我，是约我和某某某。"

"那为啥呢？"

"估计有什么惊险剧情，需要男的。"

我沉吟了一会儿，继续问："那她们知不知道你不敢坐过山车？"

他用凌厉的眼神试图制止我，我还不死心，继续补刀，"以你妈的自身经验来说吧，我建议你最好忍住了不要乱叫，实在忍不住，也最好不要扑到人家怀里……"

嗯，我猜我们大概率是没办法继续做朋友了。

五

前两天，我麻溜地收拾着家里不同种类的月饼准备去探望老人。美心蛋黄的送去爷爷家，婆婆高油高糖的统统不能吃，这个酥皮豆沙的蛋黄酥看起来很美味，要不要拆一包呢？他看我一副犹豫不决的样子，轻描淡写地说："吃吧，就吃一个吧，反正你也瘦不下来了。"

不知道从什么时候起，他熟练掌握了我的情绪开关。有一天他对我说，根据我的不完全统计，你应该是我们班最老的妈妈。这话有点接不下去，我努力保持冷静，假装若无其事地问他，那又怎么样呢？他看了看我，继续往下说："但是你好像是妈妈里最能够接受新鲜事物的。"看到我的眉毛扬了起来，他又进一步补刀说："并且，你这么爱吃，你会是最胖的！"

突然想起来要记录一下这段不尴不尬的相处时光，是因为有一天我发现他的鼻尖长了一个包，孤零零地凸在那里，我冲他说，哎，你被蚊子咬了，快去找找"无比滴"。他一脸鄙夷地看着我，你懂不懂，这叫青春痘！

嗯，我想我曾经是懂的。

与自己和解

小长假欣然而至，开学即冲刺的孩子们总算等来了一个喘息的机会。应同学家长邀约，我们打算去溧水住一晚。人未动，心已远，突然之间就有了旅游的心情。世界停滞了很久，我们像冬眠后复苏的小动物，窸窸窣窣地筹划着，向往阳光。几位妈妈都是行动派，订酒店的，找饭店的，说干就干，妇女们顶起了大半边天，很快就干脆利落地安排好行程。

成年人的行动充满默契，直到出发前，微信群才开始有动静，三个家庭各自出发，约好到酒店会合。好久没出门了，虽然只住一晚，也像出远门一样拉拉杂杂地带了一大堆，其中有两个大包装满了儿子的宝贝，毕竟打游戏才是男生们永恒的主题。

如今的溧水与我记忆中的早已大不相同，道路整齐而宽阔，新建的成片小区一排排延展开去。这几年忙忙碌碌，奔走在各个培训班之间，甚至很少有时间抬眼看，难得风和日丽，正是"忙趁东风放纸鸢"的好时节。我们心情舒畅，儿子却心急如焚。三个男生早早约好了一起打游戏，我们每多欣赏一分钟风景，就意味着他们少一分钟欢乐时光。

三个陌生的家庭，因为孩子们联结在一起，晚餐在愉快的攀谈中度过。大人们交换了育儿经，孩子们交流了游戏经。在飞速拨弄手机的同时，小家伙们也机灵地竖着耳朵，一聊到感兴趣的话题，就忍不住发表几句。总算吃完了冗长的晚餐，一位妈妈拿出了必杀技，过年时购买的烟火。为了减少孩子们沉迷游戏的时间，妈妈们真是操碎了心。绚烂的火树银花后，几个孩子欢欣雀跃地冲进房间，留下六个大人面面相觑。

从什么时候开始游戏成为永恒的主题了呢？三位妈妈小心翼翼地交流起来。看起来各家的情况都差不多。优秀与更优秀的差别就在于如何管好自己。学霸从小住校，学习全靠自觉。但这样的孩子可遇不可求。更何况自觉也是有限度的，无孔不入的 b 站、抖音、网易云同样会让学霸分心。学渣妈妈更是恨铁不成钢，每天搜剿手机成为常态，然而没收不是办法，上网课要用手机，检查作业要用手机，现代生活谁又离得了手机？

一位爸爸的一席话犹如醍醐灌顶，点醒了我。我们要做的不是让他们回到原始社会，回到我们的童年。他们是与信息时代相伴成长的，网络是他们生活的一部分，学会约束自己，平衡好学习与游戏之间的关系，是走向成功的基本能力。我们小时候看武侠小说，看港台电影，同样会把自己关在房间里，会躲在被子里，需要学会克制的不仅仅是他们，还有我们。他们要学会控制自己的欲望，我们要学会控制自己的焦虑。

　　休闲时光转瞬即逝，最后一顿欢聚的大餐让我彻底放飞自我，这是我几个月来毫无顾忌的唯一一餐，炸鸡吃上了，啤酒喝上了，到家后还和儿子一起点了一份鲜芋仙外卖，狼吞虎咽地5分钟解决。自律如抽丝剥茧，放纵却是摧枯拉朽。我尚且无法做到全然自律，又怎能苛求孩子。很多人说静待花开，我想，我们静待的是孩子的理解与感知。西方哲学家康德说过，"真正的自由不是随心所欲，而是自我主宰，自律即自由"。

　　所谓天道酬勤，必须相信这世间所有的坚持，终会迎来美好的结果。短暂的出行给了我们一个机会与孩子换个角度相处，从他的同学那儿也了解到儿子的另一面。我与自己和解了，克制好自己的焦虑，关爱并小心翼翼地保持距离。既无法退让，也不能刻板，希望我的和解能换来孩子的正解。当然，自律还是要坚持的，四月五月不减肥，六月七月徒伤悲，待明日，让我重整山河再出发。

素什锦年

"刚去菜场买了许多蔬菜，准备让你爸显个身手炒什锦菜，你下班早点回来。"老妈第一时间给我微信布置工作，5分钟以后，她又补充："明天再出去买点，配齐，年二十九开炒！"

我这才感觉到，鼠年，真的来了！

鼠年对我们有特殊意义，儿子属鼠，即将迎来第一个本命年。老爸老妈隆重对待，拿出了压箱底的绝活儿。在我家里，炒什锦菜是跨年的一件大事。首先选料复杂，什锦菜又称素什锦，南京话叫"十样菜"，是家家户户的年菜。事实上，十样菜远远不止十样，选取冬季应景时蔬，如芹菜、荠菜、菠菜、腌菜、豆芽、黄芽菜、香菇、木耳、藕、千张、茨菇等。我爸的秘方有两样，荸荠和胡萝卜。荸荠爽脆清甜，给口感添彩；胡萝卜红红火火，给视觉添色。买菜是力气活儿，春节前大家都习惯性去菜场抢购，早些年物质不丰富，屯满食物好过年。现在虽然大不相同，超市里琳琅满目，什么都能买到。但过年图个气氛，临近新春，超市菜场还是挤满了人。老妈挑挑拣拣，遇上不新鲜的蔬菜宁可隔天再去一趟，配齐所有原料往往需要好几天。

"十样菜"工序复杂，大厨做菜，只是最后那一挥勺，帮工们的准备工作却要繁复得多。荠菜有一种特殊的香气，不可或缺，但准备起来却特别麻烦，需要一棵棵挑选摘洗。腌菜、雪里蕻现在可以去菜场直接采买了，小时候可都是自家腌制，至少提前半个月就要开始准备。香菇、木耳需要清水泡发，是前一晚需要做的准备工作。黄豆芽、平菇只有当天买的才新鲜，老妈总是跟相熟的菜场婆婆早早地预订好。我最怕的是剥茨菇，印象中老妈总是丢5毛钱硬币给我。5毛钱的硬币面稍大、边缘又薄，最好用。我用硬币的边缘刮皮，细微处再用指甲。茨菇剥完指甲缝里总是积上厚厚的一层黑泥。我不明白为什么"十样菜"一定要放茨菇，难剥又难吃，面糊糊的总是剩下最多。很多年以后我才知道，"十样菜"中的每一样都有幸福寓意，茨菇又叫"添丁果"，荠菜是"聚财"，芹菜是"勤快"，豆芽是"如意"，十样合起来是团团圆圆，饱含了对来年的美好祝愿。

万事齐备，只待大厨出马，但是最后这一炒也不简单。老妈坚持"十样菜"要在年二十九做。"十样菜"是凉菜，炒熟、晾凉，年三十才能完美上桌。我们家炒"十样菜"都是老爸出马，老妈总是说，只有他最有耐心，一样样单独翻炒、最后拌匀，混合出的滋味才是最佳。我隐隐觉得，她用的是拍马屁手法。被高帽子套牢的老爸一年不做菜，做菜吃一年。果然，有了儿子以后，我把老妈的这套手法用在了忽悠娃爹包书皮、辅导奥数上，屡试不爽。除了耐心，老爸的另一法宝是舍得放油，"油多不坏菜"，被素油充分浸润的"十样菜"散发出莹润光泽，摆盘后红绿相间，黑白点缀，是年夜饭餐桌上的一道风景。老爸不怎么放糖，比起南京老牌名店"绿柳居"的素什锦，我更喜欢老爸的"十样菜"，健康之余，还能品味出时蔬的原始滋味。

还没炒完，儿子已经耐不住香味的引诱，在餐桌边来回回转悠，时不时用手摸上一把。转眼间，瓷盆里的"十样菜"已经少了一角。老妈佯作不知地唱起了儿歌："小老鼠，上灯台，偷油吃，下不来，叽里咕噜滚下来——滚下来。"看着其乐融融的一家人，我相信，未来的这个鼠年一定有"鼠"不尽的幸福和"鼠"不尽的美满。

择一城而居

这个盛夏，我与一座小城邂逅。

从南京到吴江很周折，说远不远，说近不近，火车下来再坐汽车。转到盛泽已经接近湖州的地界。儿子的计算机考试在这个名不见经传的小城举行。

盛泽以"日出万匹、衣被天下"闻名于世，有"绸都"的美称。来的路上就听司机师傅说，盛泽是全苏州最富的地方。看着昏黄的街道，一路坑洼不平，高速下来甚至连像样的高楼都没有，我表示疑惑。草草地百度一番，先蚕祠、济东会馆、震泽古镇，附近可玩的景点不多。一路行去，璀璨的灯火逐渐昏暗下来，街道上空无一人，一幅岁月静好的模样，连车厢中的音乐似乎都随之舒缓起来。

盛泽的富在先蚕祠里有明确记载。先蚕祠，顾名思义，蚕是祭祀重点。道光年间，盛泽就是全国最大的丝绸中心，吴江通运河，上等的丝绸从这里发往汉口再转运全国，苏州丝绸由此天下闻名，怎能不富。盛泽人饮水思源，每到小满节气，先蚕祠必定要举行典礼供奉蚕神。人们熙熙攘攘前来观礼，成为一项重要的娱乐活动。《盛湖竹枝词》有诗可证："先蚕庙里剧登场，男释耕耘女罢桑，只为今朝逢小满，万人空巷斗新妆。"我常常想，人为什么要择一城而居，总要有魅力在。这个小镇辉煌过，如今的它宁静、内敛，吸引我一步步走近。

等待考试的间隙，我一个人按图索骥去震泽古镇，接我的司机师傅惊讶地问我，你为什么不去西塘？为什么不去南浔？我也很惊讶，在苏州不就应该玩苏州吗？的确，相比江苏吴江，震泽离浙江南浔更近。百度地图上震泽处于江浙之间。古镇中最出名的是师俭堂，是震泽望族徐氏的祖产。老宅布局紧凑，处处体现出"俭"的寓意，富不过三代，"节俭"二字，既是期望也是传承。师俭堂一共五进，前船后车、码头运货、前厅经商、中庭会客、后院家居，功能一应俱全。可以想见当年车水马龙的盛况，只是俱往矣。如果说乌镇、同里是盛名在外的大家闺秀，震泽犹如小家碧玉，婉约可人。同样河两岸店铺林立，震泽的店主自带傲娇，爱来不来，从不招呼。没有大喇叭里的劲歌金曲、昆曲小调，当地人用当地话轻声闲聊，软糯的吴语若有似无。

虽然富裕，毕竟闭塞，路边的时装店里摆满了过气的时装，店员懒散地闲坐着，等待不期而至的客人。路边随时可见几个人，拉张桌子就支起牌局。这个小镇安逸地住了这么多人，是什么吸引了他们，让他们安心于此？走进济东会馆，我突然明白了。济东会馆被改造成图书馆，完全免费。几个头发花白的老人，各自安静地读着报纸，我悄悄地打量，有一份是《中国剪报》，内容是什么已不重要，无非是用他们熟悉的方式与时光互相消磨。或许有一天，头发花白的我们，坐在纽约上东区的一间咖啡馆里读《华盛顿邮报》，又有多大区别呢?

很庆幸与盛泽邂逅，在这个连绵不断的梅雨季节。这样的小镇，有如一幅婉约动人的水墨画，最适合泡一杯茶，闲坐一会儿，想些什么，或者什么也不想。

互相依偎的温暖

我家刺猬生宝宝了。那一天，猬猬完全不吃不喝，躲进窝里不肯出来。我很纳闷，它到底怎么了。第二天中午，我们听到一阵微弱的吱吱声，像受伤的小鸟。儿子迫不及待地去看，猬猬的身后多了两只粉红色的肉团，它们暖暖地互相依偎着，像粉红色的海参。

对我来说，养宠物是一个艰难的决定。儿子的一时兴起，却会成为我的日常事务。那么最好不要太脏，不能麻烦，互动要少，万一往生了也不会太难过。选来选去我们决定养刺猬。

最先接回来的是女生，叫猬猬。猬猬生于宠物店，我在一大堆毛刺球中一眼相中了它。它蜷缩在角落，毛色偏白，体形丰满。我们为它布置了一个最大号的整理箱，放上食盆和水壶。它很聪明，很快就熟悉了陌生的环境。我早出晚归，它昼伏夜出。每个夜晚，它安静而孤单地闲庭信步，像个公主。儿子总是对我说，你看它多孤单啊，再买一只吧。

经不起儿子的反复劝说，我又订购了一只。男生来路迢迢，由苏州经快递小哥送达。盒子打开的时候，它惊慌失措，瑟瑟发抖，蜷缩成一个小球。儿子管它叫刺刺。

过来人说得一点没错，老大照书养，老二当猪养。对待刺刺，我们漫不经心得多。我不再百度搜索刺猬的习性，不再关心它白天做了什么，吃了什么。刺刺比猬猬活跃，它努力地在整理箱的每个角落留下自己的印记。它去固定的地方吃食喝水，却坚决不肯去固定的角落里排泄。

和人类一样，生生不息，用繁衍的欢乐抵抗虚无，这是本能。新来的家庭成员给大家带来了无穷乐趣。新生的宝宝取名小刺和小猬，它们一天天长大，从粉红色变成灰白色，软刺也变得坚硬起来。猬猬总是把两只宝宝牢牢地挡在身后，一副生人勿近的样子。有几次我试图拍张刺猬宝宝的照片，没等我靠近，猬猬"咻"的一声支棱起全身的刺，不断哼哼。母爱是天性，它在拼尽全力保护它的孩子。

初夏的一个早晨，我们发现刺刺不见了，整理箱里只剩下三个毛线团。我们翻箱倒柜，终于在沙发下发现了它，它自在地躺在角落，享受着来之不易的自由。谁也不知道它是怎么爬出整理箱的，更不知道它要做什么。这个寻找刺猬的游戏让我们焦虑地玩了好几天。意想不到的事情又发生了，刺刺大概是摸熟了环境，它每晚逃走，又会在清晨准时爬回自己的窝，安静地等待我们去发现它。它到底在做什么呢？是为自己寻找自由还是为母子寻找食物？我更愿意相信后者。因为有时候动物比人类更有感情，哪怕它们不说话。

　　与刺猬的互动完全超越了我最初的设想，这一家四口成了我们的牵挂，早也问候，晚也请安，投食换水一点也不觉得麻烦。谁说刺猬没有感情呢，它们就像幸福的一家人，互相关照，互相依偎。对于我们，它们竟然也卸下了软猬，有时，甚至容许我们去摸摸刺。

　　如今究竟是谁离不开谁，又是谁在陪伴谁呢？谁也说不好。但我深信，那是互相依偎的温暖。

当阿拉丁擦亮神灯以后

　　小时候最爱读的童话书里，有一个阿拉丁神灯的故事。那个故事我读了又读，我多么希望能像童话故事里的阿拉丁一样，只要把神灯拿出来擦一擦，灯神就会像一团雾，从小小的油灯中喷薄而出，幻化成人形来实现我许下的愿望。

　　那么，我最想许的愿望是什么呢？曾经翻来覆去地想过很多回，排名第一的大概是不开学，最好一直都不开学。

　　小时候没能实现的愿望，终于在这个冬天实现了。

　　寒假延长了一周，紧接着上班时间推迟。儿子听到这个消息，第一个高呼万岁。我小时候没能实现的梦想，终于在他身上实现了。他飞速地把游戏碟重新盘点了一番，最后左右为难地宣布，将用掷骰子的方式来决定首先宠幸谁。从年初一到年初三，他几乎是没日没夜地玩了足足三整天。我看着他化身林克在一个个神秘世界中探险，试图去唤醒另一个塞尔达。他玩得有劲，我看得新鲜，一个游戏让全家人如痴如醉。但年初四开始，林克明显精神萎靡，百无聊赖地在未知世界东奔西突，往复无穷。我也开始觉得兴趣索然，试图做点别的。

做什么好呢？我忽然发现，那些我计划了很久的事，突然间有大把大把的时间来做，似乎可以启动了。我想练字，我想画画，我想学外语，我想练瑜伽，我想把中国史好好地读一遍，还有很多一直没空细读的名著，比如《红楼梦》。

可当我真的翻开《红楼梦》，那么厚一本，读起来真费神费力，哪有蒋勋聊的有趣。换《你好！法语》吧，进入语法高阶，课文越来越长，几个从句绕得我头晕。想动动吧，我瞄了一眼放在墙角的瑜伽垫，上面落了厚厚的一层灰……还是算了吧，想来想去，我决定先去买杯咖啡提提神。我仔细地戴上眼镜，戴上口罩，全副武装地下楼。平时一座难求的星巴克，今天空无一人。天哪，那些平日里默默念叨的愿望，居然可以全都实现了！

可是，为什么这么索然无味呢？童话故事里写着，阿拉丁和公主把神灯好好地珍藏着，因为他们深深知道，是它带给他们幸福和快乐。这事儿我一直没想通，既然擦亮神灯带来的是幸福和快乐，为什么要藏起来呢？

这个悠长假期让我突然明白了，只有来之不易才会甘之如饴。阿拉丁擦亮的是烟火，当璀璨散尽，剩下的是平铺直叙的生活，那些忙里偷闲的时光才是幸福的秘诀所在。既然阿拉丁赐予我一个悠长假期，不如重新收拾心情，读书、做饭、写稿、运动，让日子丰富起来。

同在屋檐下

"知道怎么给软件评分吗？"儿子摆弄着手上的 iPad，头也不抬。

"在下载软件的地方吧，你要干吗呢？"

"要给钉钉打个五星！分期付款，每次打一星！"儿子指着抖音上的一段视频笑得喘不过气来，"你看看，你看看网上的这些评论，笑死我了。"

"你不是还没开始上网课吗？瞎掺和什么？""你懂什么，这叫同仇敌忾！"当时，我们万万没想到网课的威力有这么大。

说来就来，两天后，学校通知开启网课模式。好在还比较人性化，可以随时复播、自主选择并且不用打卡。儿子睡到日上三竿才准备上网课，老公满头大汗地调试，摄像头装好了，打印机接上了。转头一看，这小子穿了一身棉毛衫裤在镜头前上蹿下跳，老公赶忙大喝一声，快快快，快去换衣服！一看这状况，我也懵圈了，不是说好了看十八线主播表演吗？原来不是单看，还得互粉！看着杂乱无章、书本和文具齐飞的书房，我忍不住惊叫起来，快把摄像头关了！网课简直是对家庭环境、卫生状况以及生活习惯的综合考验。

等摄像头再次开启的时候，已然是一派祥和气氛，该出现的都出现了，该消失的也都消失了。儿子在书桌前正襟危坐，拿着本子和笔，一副乖巧模样。

这是一节语文课，老师在讲老舍的文章《北京的春节》，"这篇文章以时间为经，以人们的活动为纬，列举了很多老北京过春节的习俗。"我长吁一口气，转身去厨房做饭。淘好米，炖好肉，我像往常一样准备去客厅看书。看着看着，总觉得有什么地方不对，所谓"安静必出妖"，我蹑手蹑脚地走进书房，不出所料，不知什么时候儿子面前变出了一本《银河帝国》，正埋头苦读。我气不打一处来，果断收缴了小说。再次坐上沙发的时候，书房里传来了悦耳的键盘声。

听着听着，又不对了，键盘声持续不断，一刻不停。我冲进书房，大声地问："你在干吗？还听不听课哪？"他一脸无辜地冲我笑："给老师点赞啊！你看，老师已经有 10 万多赞了！"

这还只是开始，由于疫情的影响，不但学校没有开学，我们也暂时上不了班。最悲剧的不是家有上网课的神兽，而是家里彻底变成了网吧！老公整天混迹在工作群，我开启了视频会议模式，儿子的网课全面展开。那天我正准备发言，隔壁房间传来了铿锵有力的音乐声，"为革命保护视力，眼保健操现在开始……"我手忙脚乱地关闭话筒，并故作镇定地假装网络掉线。

开始还只是关音频，随着战况的不断升级，我不得不关掉了摄像头。"妈，我要上厕所。""老婆，你儿子叫你！""妈，这道题怎么翻译？""老婆，看到我眼镜在哪儿吗？""妈，要打印上传，没墨盒了！"我忍不住问儿子："你为什么不喊你爸？"他两手一摊，说："他还是会喊你啊！"我哭笑不得。

如果最近你的女性朋友突然不联系你了，连微信都没空回了，请不要怀疑你们的友情，只有一种可能，她的孩子在上网课。网课成了我的新烦恼，每天见缝插针地安排好工作和生活成了我的新挑战。但谁说这不是一件有意思的事呢，这段时间，给了我们一个长时间亲密相处的机会，同在屋檐下，痛并快乐着。

您的刷卡已成功

神兽归笼，喜大普奔，朋友圈一片沸腾。在送娃去学校报到的地铁上，我正巧刷到许老师的朋友圈：见证奇迹的时刻到了！中国孩子是奇迹的缔造者，他们用一晚上完成了两个月都写不完的作业。配图是一个奋笔疾书的中学生，书桌旁放着一大沓作业本。我会心一笑，嘻，这中国孩子显然包括我家孩子，前一晚赶作业写到半夜两点的熊孩子。看着儿子瞌睡地坐在地铁座上，我对即将到来的开学喜忧参半。

小升初是人生的一大转折，从无忧童年转入青葱少年。他都准备好了吗？我忧心忡忡，他兴高采烈。从地铁下来，我们并肩向学校走去。一路上都是新鲜事，学校是向往已久的学校，可真正去上学却是头一回。天空湛蓝，阳光从树荫中跳脱出来，在人行道上洒下斑驳的亮点。"鸡鸣寺站出来记得选4号出口啊！""记得走斑马线，过马路一定要左右看清楚。"我一边走一边碎碎念。很快走到校门口，门卫室旁竖着一块大牌子，赫然写着：请让孩子自己入校，勿陪同，相信自己孩子的素质和能力，中午校内就餐。好吧，相信他，我故作镇定地微笑，冲他挥挥手。他却浑然不觉，大步流星地向教学楼走去。这就完事了？看着他一步步远离，我怅然若失，像手中的风筝断了线。

下午阿公早早地堵在学校门口，据说大门外站满了人山人海的家长等着接孩子，不太宽的双车道马路被堵得水泄不通。等我到家的时候，小人儿已经吃完晚饭了。我小心翼翼地问他，今天感受如何？他眉飞色舞地对我说："我们食堂可好了，有盖浇饭，鸭血粉丝汤和鸡腿！哦对了，还有鸡米花呢！我今天居然买到了土豆牛腩饭！你要知道排队的人那个多啊，带拐弯！"看着他绘声绘色地描述学校生活，我心里的一块大石头落了地，眼前的这个小人儿需要换一个角度去审视了，他比我想象中独立得多。

后来的这一周过得飞快，班级官方 QQ 群建好了，家长唠嗑微信群成团了。班主任开始推送每天的学习要求和生活指南。在哪里订校服，去哪里充饭卡，老师详细地交代每天的接送时间、注意事项和作业要求，并再三强调，家长只需要关注并监督完成即可，不能大包大揽。小学六年来一直全方位随时待命的学习、生活保姆，突然间失业了。我忐忑不安，离开保姆的儿子能照顾好自己吗？

"明天要交班费啊，300 元交给生活委员，你再给我牛奶卡充个值吧？"任务来了！我一边麻溜地答应着，一边手忙脚乱地绑定卫岗校园鲜奶卡。有任务是幸福的，我输入地址、学校，很快进入充值界面。居然还要选择设置一天购买几次，我想了想，随手选了个 3。周五一大早,儿子带着 300 元钱和地铁卡出门了。短短一周而已,他成功地去校服中心选购了校服,实现了自己坐地铁放学,主动去自习教室写作业并自己走回家。我有点不敢相信,又不得不信。那个一直被我念念叨叨的男孩子,完全可以很好地安排自己。

午餐时间里,滴的一声,我的手机响了。您的刷卡已成功,购买燕麦黄桃酸奶 1 瓶,金额:5 元,地点:本校三楼。感谢鲜奶卡,我无意中的随手设置,给了我三次机会去了解他在学校的动向。或许这"滴"的一声将会是我手执的那根风筝线,伴随他越飞越高,飞向我们都未知的明天。

不知名的人

我们小区有位年轻的保安，为人特别热情，每次笑起来眼睛就弯成新月，颇有点韩范的味道。我进出小区无数回，从未觉得他的工作如此重要，也如此艰难。

每次看到我们，他大老远就开始打招呼，"出去吃饭啊？""小帅哥又长高啦！"我们往往客气地寒暄几句。时间长了，儿子与他混得最熟，每次见到，不管他在做什么，都会冲他大声地喊一声："叔叔好！"临走了，又会使劲地挥挥手，说："叔叔再见！"我没问过他姓什么，不太好意思，也没什么机会。他就像是家门口的邻居小伙儿，熟得好像不合适再去问姓名。小年夜的时候，我问他："快过年了，还不回去吗？"他笑着对我说："明天，明天就走！""年货准备好啦？"他一摆手，"哪要我做啊！回家吃现成的！"后来我才知道，保安外地人多，过年需要轮值，今年过年早，他早早地换了班，准备回老家过年。

大年初一，我又看到他，很惊讶，忍不住问他怎么不回去过年。他还是一副乐呵呵的样子："主管问有没有人肯值班，我就报名了。算了，过两天再回去迎财神！"当时，谁也没想到，这个假期成了他最繁忙的日子，再也没能回得去。

新年开始的几天，大家思想上还比较放松。我每天下楼转一圈，既是散步，也是去超市购物。我发现陆续有人开始戴口罩了，有人嫌闷，把口罩从鼻子上拉下来，挂在耳朵上，图个心理安慰。我戴着口罩出门，见到他忍不住要摘下来打招呼，总觉得蒙着脸不太礼貌。他认真地制止我道："口罩要戴好啊！别不当回事，听说这次病毒会人传人，社区已经有要求了。"我笑着对他说："这么认真啊，看来你要回不去了！""冬天来了，春天还会远吗？"他居然冒出一句雪莱的诗。

等我从超市转回来，发现他已经被几位大妈团团围住。"你看看你们，不让快递员进小区，我们的快递都找不到。我买的口罩好不啦？没有口罩我怎么出门的啦？！"他还是笑脸相迎，"别着急别着急，这不是怕病毒传染吗？""什么病毒不病毒，你们就是小题大做，是过年没人管吧！"他不紧不慢地继续解释，虽然是深冬，汗水从他的额头上一滴滴地渗出来。

第二天我再下楼散步的时候，他已经在搭架子了。他把大大小小的快递，按个头、按楼道整理出来，分类摆放方便查找。我插不上嘴跟他打招呼，因为不停地有人找他。他总是第一时间迎上去，解释、查找、联络，忙得像个陀螺。

形势越来越严峻，春节变成遥遥无期的长假，大部分的业主不上班，外出旅游的业主陆陆续续回来，很多人开始按社区要求自我隔离。社区把人员的活动范围按网格划分，越收越紧，反复劝说大家待在家里不要出门。保安们的工作难度越来越大。外地牌照的车辆一律不许进入小区，每个进出小区的人都要量体温并做好记录，送到小区门口的快递需要送到业主家里，先是自我隔离的家庭，然后覆盖到全体业主。

那天，我第一次给物业管理处打电话，申请把外卖送到家，管理员一再对我道歉："不好意思，真的不好意思，保安这会儿换班吃饭去了，要送也要晚一点，他们一整天都在跑各家送外卖，实在太累了，让他们歇一会儿。"因为等着蔬菜做晚饭，我只得匆匆穿上外套下楼，在门口正巧又碰到他，他笑容灿烂，冲我大力挥手："你怎么下来了，我正准备给你送上去呢！"他快速地找到我的菜，又转身忙去了。

我瞥了一眼他的办公桌，上面放着一盒还没开封的盒饭。天渐渐地暗下来，门卫室的灯亮了，那个不知名的人就像一盏守望的灯。拎着沉甸甸的一包菜，我暗自下了决心，等这次疫情过去，等他有空了，我一定要去问问他的名字。

一次关于落枕的深度治疗

我落枕了。

与人打招呼只能缓缓转身，整体旋转，像个笨拙的圆规。一周后，稍好转些，可以轻微点头，像个微笑的稻草人。怎么办？得治。

我去中医院挂了号，医生二话不说唰唰地下单，"先去做个核磁共振吧。"杀鸡必须给标配上青龙偃月刀。一小时后，我的骨骼被平铺在胶片上，纵横交错看不出哪里有问题，像一具被去了皮肉的鸡架。这感觉很奇妙，你与自己对视，提前看到自己百年后的样子，不想看又忍不住不看。我动了动头，去感受骨节发出的咔哒声，确认自己还活蹦乱跳着。

"颈椎6—7突出，很常见。今天治疗吗？""来都来了，治……吧。"他又唰唰地开单，交待道："去交钱。"再转回来已经被按到座位上，实习生们围了上来。按摩、拔罐、针灸、牵引，能用上的都用上了。

医院是个神奇的所在。它会让你觉得自己既与众不同，又泯然于众。按摩推拿科尤其如此。身体们一具具地走进来，被分配上流水线。先按摩，然后才有资格去某一张床等待，颈椎有问题的被勒令脱去上衣趴下，腰椎有问题的隐约可见翘或不翘的臀。医生们司空见惯，仿佛床上的那些不是肉体，只是待修补的身体。

我一直以为去看中医推拿科的都是老年人，心理上甚至有一些隐隐的抗拒，难道我都沦落到要看中医了？这次的经历让我彻底转变了观念。病人越来越年轻，有一个小伙子背着一只硕大无比的电脑包，一边被实习生推肩一边接电话："我告诉你，那个代码第二行不能改，一定要改也只能……"还有一位特别漂亮的小姑娘，趴在按摩床上一边等待一边看小视频，颈椎再痛也无法消减对小视频的热爱。

按摩科里熙熙攘攘的场面让我想起《西部世界》里的那些机器人，他们被消除记忆，送回总部调整，修好以后再重新送回乐园。无论他们有多努力，都只能按照设定的轨迹生活，什么也不会被改变。那一瞬间，我在想，会不会我们其实也生活在一个主题乐园里，我们自以为可以主宰奋斗的人生，不过是上帝的玩乐消遣。我们一次次战斗，被消耗，被折磨，被破坏，然后去医院修修补补继续战斗。

治疗结束我仿佛被暴打了一顿，针灸的针头还滴着血。这就算完事儿了？想来想去还得去咨询一下。"医生，那我平常该注意点什么？""你这个吧，要说有多大问题也没有，最好少低头，少看书，少玩手机。""那……能运动吗？""可以啊，太剧烈的不行，最好是游泳。"

　　短短的几句话，让我的生活发生了天翻地覆的变化。读书、跑步好像都得控制，越是不能低头，越发现万事都得低头。而我，并不想向生活低头。我去办了游泳卡，买了游泳衣、游泳帽、游泳眼镜，为国庆期间拉动内需做出了应有的积极贡献。开启新运动后，我发现，游泳真的让人愉悦，我泡在蓝色的水池里，像一尾舒展的鱼。新的生活方式似乎可以安排得更紧凑了，让我充满了期待。谁知道呢，这个夏天所有的遗憾，都是秋天惊喜的铺垫。请永远相信，生活会给你带来惊喜。

最熟悉的陌生人

几乎每个周末我都会和儿子一起去附近的必胜客吃早餐。因为常去，跟那里每个服务员都混熟了。二楼有个特别认真的大姐，每次都会与我们反复确认菜单，美式咖啡加不加奶，冰红茶加不加糖，三明治要不要美乃滋。短短的几个月里，儿子个头从1米5蹿到了1米7。曾经，小小的他骑着踏板车追着我跑。如今，他大踏步走在前头，我一溜小跑跟在后面。

再见面大姐一眼认出了我们，她很惊诧，这孩子一眨眼长这么高了？然后就是熟悉的一套流程，她一连串地询问，我们一连串地点头，完全不需要看菜单。因为赶着回去上网课，那天我们匆匆忙忙地走了，忘了买单。直到第二周再去，才听其他服务员说，她自己悄悄垫钱替我买了单。

因为轮值的原因，几周后我们才再次遇见。一到必胜客我就提出要赶紧还钱，她不催，只是淡淡一笑，你们反正经常来嘛，不着急，还点那些吧，有没有变？没有变。

　　人与人最大的信任莫过于此吧，知道你肯定在，知道你不会变。人生的旅途总是充满未知，几年来，我家楼下的街边小店开了又关，关了又开。擦肩而过的陌生人来了又走，走了又来。而她，是我和儿子最熟悉的陌生人，成为种种不确定中的唯一确定，让我相信这世界从不缺少纯粹和美好。

晚间的健身房

等安顿好儿子再出门已是傍晚，今天我大概是最后一个到健身房的。这个健身房很简单，类似一个小小的工作室。健身的人不多，教练也不多。麻雀虽小，五脏俱全，楼上有氧，楼下训练，安排得很紧凑。等课的工夫，我决定先有氧，爬上楼梯机"哐哧哐哧"踩了半小时，大汗淋漓。随着时间一点一滴过去，健身的人陆陆续续走了，时间慢下来，静下来，整个有氧区空无一人，成了我和自己的对峙。

呼吸急促的时候，大脑就会缺氧，教练喊我的一瞬间我有一丝晃神，差点以为今天的训练已经结束了。老老实实走去楼下练胸。第一个动作是躺在健身椅上推哑铃。收住肩胛骨，把背顶起来，教练一边指导一边数数，一个，两个，三个。旁边的教练也在数，一个，两个，三个。等我推到第 15 个的时候，旁边已经没了声音，不知道什么时候就停了。第二组从头再来，一个，两个，三个，这次我听得真切，"她"只用做10个。嘿，还不如我，我有一丝窃喜。两组下来，我好奇地转头看过去，居然不是"她"。是一个身形微胖，中等个头的男生。这感觉很微妙，我的窃喜顿时掺杂进复杂的情绪。

下一组动作是平板支撑，就在我咬牙切齿的工夫，一阵香水味侵袭而来，不知道什么时候，我的旁边站了一个女孩子。长长的裙摆低垂着，一双精致白皙的脚映入我的眼帘，细带凉鞋，大红色的指甲油，时不时还俏皮地交叠着。教练对我挤眉弄眼，哎哎哎，这是他女朋友。嗯，还用说嘛，但凡有眼睛都看出来了。男生每换一个动作，这个女孩就紧紧地跟到他的器械旁，一往情深地看着他。我暗戳戳地想，刷刷手机不香吗？非得目不转睛地看着吗？

很快男生开始甩大绳，两根绳，教练拉着一头，他只甩另外一边。他使出吃奶的力气扭动身体，但绳子的弧度还没有身体的曲线大。我的教练强忍住笑容对我说，你快点，到下一组了。我默默地再次举起哑铃，一个，两个，三个。女生开始喊加油，好棒哦，四个，五个，六个……我快要崩溃了。

等我洗完澡出来，他俩还在跑步机上边走边聊，据我的目测，男生以中等的速度在走，女生托着腮，斜倚在跑步机的把手上亲昵地看着男生。这画面太美。我哆嗦了一下，快速跑下了楼。

走出大厦，街道上已空无一人，月光静静地倾泻下来，夜凉如水，今日出伏。

京沪线上的候鸟

周五下午的南京南站人头攒动，我攥着一张 G 字头的车票，掐着点快速通过检票口。现如今，从南京到北京，1000 公里，一日往返绰绰有余。

被身边人簇拥着推入车厢，我很好奇到底有多少人频繁奔袭在京沪线上。想必同一时间，有更多的人从帝都涌入这个巨大的铁匣。它默默地吞吐着、奔跑着，真正地实现了乾坤大挪移。

相比到达以后的忙碌，我其实挺享受火车上的这 4 个小时，可以写写东西、看看书、听听歌，今天翻到的是郝景芳的《北京折叠》，眼前立刻浮现出早高峰时段的西直门地铁站。

邻座是一位中年男子，一边手指不停地修改 PPT，一边反复接打电话。"还要两小时到北京吧，地铁回去还得一小时呢！"京沪线上的帝都人，声音都是疲惫的。

这是个颇有意思的空间，乘客在此处，生活在彼处，逼仄空间里充满了精彩对话。你可以听到，全国人民羡慕的大北京学区并没有你想象中那么轻松，家长们依然十分焦虑；人们奔向市中心的高铁站，再花一小时出去仍然是城市中心……

乾隆七下江南，耗资巨大，费尽周折，恨不得将整个锦绣江南搬回去。那么江南人为什么要去帝都呢？暖气烘得我鼻子出血，喉咙发疼。办完事我就要走，不想多耽搁一分钟。也有暖心的事，前排的小朋友频频回头看我，不知道是不是闻到了我的米饭香。列车员一口的东北腔，热情地对我说，吃完就放那儿啊，我过一会儿来收。

列车很快进站，手机里预存的歌曲正好放完两轮。庞大的铁匣子伴随着一声咆哮缓缓停下，密密麻麻的人流有序地汇入迷宫一样的北京南站。穿梭在沪宁线上的人千千万，每个人都带着梦想和任务来到这里，各自寻往自己的去向。

一个人能占用的资源有多少呢，熟悉的城市里，一间房、一箪食、一个办公的格子间。离开了熟悉的两点一线，我就像一只候鸟，远离自己的巢，在合适的时间里起飞，再返航。

晨风中的一点甜

小吃是一个城市的灵魂。美味的小吃摊点往往并不起眼，它们深藏在街巷的深处，等待人们蜂拥而至。新年要吃一点甜，这是我的心心念念。

南京城里最著名的甜食小吃恐怕就是芳婆糕团店。芳婆只做早点生意，门脸不大，几张桌子。客人们早已习惯了，流水线似的吃完就走。过年了，大家满满当当地挤在店堂里，并不急，似乎空气中也弥漫着等待的甜蜜。芳婆姓史，四十年前来到南京，做蒸儿糕，做酒酿元宵，渐渐地做出了名气。人们从城市的各个角落慕名而来，久而久之，成了城市名片。这符合南京人的性格，包容、豁达，只认你的好。

我家住城北，小时候总觉得城北和城南是南京城遥不可及的两端。芳婆所在的王府大街在我看来是很远的地方。让芳婆真正火起来的是《标点美食》栏目，电视的集中推介，加上网络的推波助澜。慢慢地，人长大了，交通方便了，城市变小了。

我从小爱吃甜。家门口有一家元宵店，妈妈会带着我早早起床，端着自家的钢精锅，在寒风中等着。元宵一拨拨地下锅，先是豆沙的，再是芝麻的，然后是肉的，再轮转。我站在队伍中伸长脖子张望，暗自祈祷轮到自己时正好是豆沙馅的，不用再等。这个画面深刻印在记忆里，成为甜蜜的一部分，我很早就明白，美好的东西是要等来的。

芳婆没有大汤圆，只有赤豆酒酿元宵，赤色的藕粉汤里簇拥着软糯的小圆子。一勺舀下去，甜蜜漾上来。酒酿元宵的甜是特殊的滋味，藕粉的黏腻搭配圆子的软糯，甜得恰到好处。芳婆糕粉粉糯糯口味清淡、老卤蛋酱汁浓郁渗透蛋黄、肉粽子有浓浓的栗子香，好吃的其实很多，酒酿元宵却是我的标配，每吃必点。吃完外带一份酒酿回家，第二天的早餐就有了。另一名点是蒸饭包油条，有甜、咸两种，甜口的油条撒上白糖，咸口的是榨菜。和路边摊的蒸饭包油条相比，芳婆家的内容简单，胜在食材新鲜。据说工人们每天 4 点起床开始准备材料，糯米饭只有几大桶，热气腾腾地端上来，卖完即止。春季的时候，白米饭换成乌米饭，更是热销，队伍排出百米开外，大家纷纷笑说："排队要排到新街口。"

乌米饭是宜兴金坛一带的美食，清香美味，制作复杂。初夏采乌饭树叶洗净，舂烂加少许水浸泡，待米呈墨绿色捞出略晾；再将青汁入锅煮沸，投米下锅煮饭，煮熟后饭色青绿，气味清香。我仍然爱吃甜口，乌米饭不加糖似乎难以想象，只有甜才能充盈味蕾，油条的脆和乌饭的糯浑然一体，让清香滋味更加饱满。

　　队伍行走得很慢，我排在长长的队尾，并不着急。早点是城市记忆，也是生活印记，我们在这个城市里寻寻觅觅，发掘自己的喜好，在满足中遇见惊喜。有段时间小店装修，卷帘门上写着大大的"拆"字，我每每路过都要张望一番，看老店会不会新开。果然，关注的不止我一个，老客们怅然若失，甚至在墙上留言。很快卷帘门上贴出一张纸条，不过是装修而已，让大家放心。一个月后，蜂拥的队伍卷土重来，在晨风中安静地等待。谁能没有一点期待呢？那一点甜就在队伍前方，触手可及。等排到眼前，正是热气腾腾的新年。

静待花开是个伪命题

"考完我们去西西弗书店玩会儿啊！"儿子愉快地朝我挥挥手，转身进了考场。

那是全国英语等级考试的第一天，南师大的北大楼前挤满了人，大学生和小学生、参加考试的和送考的。刚满十岁的小人儿混迹在一群大哥哥大姐姐里十分显眼。我微笑着点头，也用力地向他挥挥手，抑制住心里的焦虑。我知道其实去不了书店，因为还有作文班、英语班在后面等着，周末比上学要忙，像一块无法停摆的钟表。看着他消失在走廊深处，我转身准备离开。

两个妈妈快步越过我，背着很大的双肩包，手上拿着孩子吃了一半的饭盒。"你们也是外地的？""是啊，苏州的考点报不上了，我只好报了南京，好歹比徐州近点。""南京毕竟是省会，估计名额多一点，那天报名网站我也是半夜才刷上的，刚开始都瘫痪了。"她们一边聊一边匆匆地往前走。我莫名地紧张起来，儿子知道要验准考证吗？会不会走错教室？能找到座位吗？我准备绕去教室那边看看。

都说孩子的教育要静待花开，道理我懂，落实到行动上却难。每天出门前我都要对儿子念叨一番，作业要在学校写完啊，回来才有时间复习，才有时间玩。儿子答应得顺溜，一到学校全部抛到九霄云外去了，画画、聊天、混在图书馆看书，作业根本不在他的考虑范畴。"头抬高一点，写字认真点，速度快一点。"我一遍又一遍地重复，只是每次内容略有变化，像设置好定时的闹钟。

每天晚上的陪读时光都是斗智斗勇的战斗。我不用抬头就知道他在玩游戏，不用走近就知道他把小说压在了课本下面。这都是我小时候玩剩下的阴谋诡计。

不好好学习怎么行呢？我们从小努力读书，参加考试，参加竞选。我们力争上游，从一层层的选拔中脱颖而出。我们被教育要想尽办法去获取成功。至于，成功以后呢？大人们没有说。

如果我们错了呢？如果我们在一些被广泛认可的观点上错了呢？人们普遍相信地球是方的，直到麦哲伦的船队完成了环球旅行。我记得在约翰·凯里的书《艺术有什么用》中读到过，莎士比亚和伦勃朗所处的时代被人们认为无足轻重。

我们被教育要成功，可是成功的概念因人而异，随意性大。有成功的商人，有成功的政客，有成功的教师，什么才是最成功？回顾我的人生，大部分时光都在忙忙碌碌中虚度。也许，并不需要成功呢？同学中最顽劣的那个成了老板，常常忧心公司如何增资扩股、资金如何回流，最优秀的那个成了教授，每天焦虑着教学质量评估和下一个项目的来源。我们以不同的形态成长，殊途同归，最终同样需要面对焦虑重重的人生。也许，只有那个最普通的才过上了真正幸福的生活。

要放平心态，我暗暗地想着。教育局已经一再强调减负，禁止新课标、华杯赛等一系列课外考试，可是像我一样焦虑的家长们仍然四处打听，给孩子报名参加一些未被禁止的考试，试图在人生的起跑线上抢跑。或许，是时候从自身找原因了。我转到教室的窗台下，踮起脚尖向里窥探。儿子镇定地把准考证交给考官，准确地找到自己的座位坐下。突然，他站起来好似询问了老师什么，然后走出教室，我再次忐忑不安起来。就在我焦虑上涌的同时，他施施然走回座位，估计是去了洗手间。孩子比我要淡定得多。

那一刻我想起纪伯伦的诗："你们的孩子并不是你们的孩子。他们是生命对自身的渴求的儿女。他们借你们而来，却不是因你们而来。"儿子正在长大，他开始有条不紊地安排自己的人生，我的焦虑明明就是多余的。

考试结束了，儿子兴奋地从走廊里跑出来："考完啦！我们去书店吧！"我微笑不语，拉着他默默走向作文班。道理我都懂，静待花开就好。但是，听说，机会只留给那些有准备的人。

带着儿子的信任，我冲上了"少女前线"

很长一段时间以来，儿子迷上了一款名叫"少女前线"的手机游戏。我暗自观察过，一群衣着华丽的美少女手持重机枪在战场上奋力厮杀，画面瑰丽繁复，战斗激烈精彩，确实很酷。玩游戏是把双刃剑，显然会占据不少课余时间，但对儿子来说是不可或缺的交友方式，如何与游戏和平共处是家里争吵不断的话题。爸爸比较开明，赞成让儿子自己管理自己，而我则视游戏为洪水猛兽，生怕他沉迷游戏影响学习。然而，管是没有用的，看着他每天与眼花缭乱的游戏画面拉锯，我唯有克制自己，等待他的"苏醒"。

如同万物复苏，这个时机在春天到来，儿子突然间感受到中考的无形压力。身边的同学都在拼搏，上课的上课，刷题的刷题，每天的课业完成量在快速推进，碎片时间仿佛都用起来了。儿子犹豫再三，终于郑重地决定，把他的游戏账号交给我打理，并叮嘱我说："为期半年，你给我好好打！"说完他不由分说地抢去我的手机开始下载程序。一连串熟练的操作后，我忐忑不安地接过了手机。

"我只能完成基本任务啊，弄坏了可不能怪我。"我提前打好预防针。儿子勉励我："你好好学，B站上有很多攻略的，你一定能行。"说完顺手推了好几个B站上的游戏主播给我，并反复交代要当作工作来做，要研究、学习、再实践。

游戏小白就这么上路了。我首先百度了一下相关知识。"少女前线"是一款以一群少女为主角的战术策略养成类游戏。主要讲述第三次世界大战之后，世界因战乱陷入了混沌黑暗的时期，世界的秩序和稳定交由一家名为格里芬和克鲁格的私人军事承包商来维护。在游戏里，我需要扮演格里芬军事承包商旗下的一名指挥官，指挥战术少女来达成公司维护世界稳定的任务。故事线很长，并且在不断开发完善过程中，经常会推出一些新的活动来吸引玩家。也就是说，这个游戏需要大量的时间去完成每日任务，制造人型、武器，收集弹药、口粮，不断升级指挥官的指挥能力和作战能力。每天打开游戏，我脑海中浮现出的是他放下手机试图躲避我视线的样子。每天花这么多时间，还能有多少时间用在学习上？我一边玩一边腹诽，敢怒不敢言。我告诫自己要调整好情绪，忍住骂他的冲动，过去的都过去了。

游戏比我想象的复杂，每天必须要完成的任务就有七八项，我得去好友的宿舍收集爱心并点赞，还要负责收集电池和电容，这些简单操作很快被我摸索出来。我得意地带上部队去战斗。很快就输了，丢掉了不少武器和口粮。这给我很大压力，还没怎么打损失就这么大，该不该继续呢？我看了看正在上网课的儿子，决定不去打扰他。算了，还是休息一会儿吧。刚打开爱奇艺，儿子课间休息瞄到我在刷剧，他兴高采烈地数落我："别摸鱼，赶紧给我看攻略！"我像见到了救兵，把之前的疑问一股脑儿抛给他，他老大不情愿地一边演示一边继续数落："你看看你看看，遇到困难自己都不想就开始问，要自己钻研，自己看 B 站攻略去。"

自此以后只要我没在看攻略，他都要唠叨我。解说游戏的 UP 主通常是个大男孩，大多语气低沉，一边解说一边操作，像老和尚念经。而我对操作名词还很陌生，稍不留神，就糊涂了，还得倒回去重看，我强打精神应对。一整天，我陷在紧张情绪里，只要他路过我身边，我就愧疚不安，总觉得自己还不够努力。有一次我忍不住辩解："我就是上个厕所，马上看。"他宽容地对我挥挥手，没事，出来继续看。

不知不觉一天过去了，我沉浸在少女前线的世界里，就像山中不知时日的老和尚，抬眼已是夜深。正当我准备休息，儿子突然从书房里走出来，问："贝叶斯那关你打完了吗？"

"还没……那关太难了，我想是不是先睡会儿。"

"什么叫太难了，太难了就可以不打吗？我要像你这样，那些卷子难道我都不做了？"无话可说，我只得忍住困意继续钻研。

经过没日没夜的两天鏖战，我终于打通了贝叶斯那关。当我开心地以为终于迎来了解放，他嬉皮笑脸地对我说："你可以继续去推进主线任务了。作业是写不完的，新作业永远在等着你！"

两周后，他对我的游戏进度进行了临检。对于指挥官的经验增长、技能提升和装备数量均表示满意，宣布我基本入门，甚至有点精通。得到他的首肯，我感到莫名振奋。我试图用我的学习精神去教育他，却遭到了他的嘲笑。我发现，代入他的角色体验，我与他似乎没什么不同，都在与存在于人性之中的懒惰做斗争。我并没有发自内心爱上游戏，孩子也很难真正热爱刷题。惰性不只是孩子有，我们也有，正视它，克服它，是我们一生都需要共同面对的主题。

苔花如米

你的灵魂就是整个世界

上一次读悉达多是 5 年前。去三亚度假，我想选几本书带着，朋友推荐了《悉达多》。收拾完行李闲着没事，随手翻翻，拿起就没再放下。那一夜居然没睡着，思绪万千、感触良多。我曾以为我读懂了悉达多，一个圣人的悟道之路。在很长一段时间里，我认为悉达多是佛陀转世，冥冥中有坚定的目标引领，他在青年时看破红尘，去过苦行僧般的日子，又在盛年时重入红尘过纸醉金迷的生活，最终他毅然决然地转身，成为河岸边的摆渡人。当时的感触我已经不记得了，匆匆地写过几条，却丢失在某个手机的内存里。彼时人生画卷徐徐展开，有很多想做的事，只觉得悉达多是警醒，让自己去关注一些以前从未关注的事。

再读悉达多，我惊诧地发现，悉达多是一个普通人，黑塞写得并非是佛陀的故事，它讲述了一个人的一生，千万寻常人亦会经历的一生。悉达多是一个意气风发的少年郎，认为自己是被命运选中的人。他家境优越，生活富足，有教养、有知识，是婆罗门中的贵族。然而他的内心并不满足。他读过很多书，明白很多道理。无数智者将自己的智慧流传在经卷里，他反复阅读这些经卷。他的父亲是纯粹的、有学问的智者，试图将自己的经验传授于他，然而他无动于衷。《婆婆吠陀》里写着："你的灵魂便是整个世界。"然而这个世界到底是怎样的呢？年轻的他无法控制自己的好奇和向往，他不顾一切地挣脱自己的家庭，决定和好朋友戈文达追随苦行僧去朝圣，去找寻灵魂的安宁。

和沙门在一起的日子是艰难的，他们斋戒、断食，他们蹒跚着走过街市。他们看见商人做买卖，妓女奉献色相，医生照看病人，情人虚与委蛇。悉达多是敏感又睿智的年轻人，他看穿了幸福美好的假象，世界的味道是苦涩的。然而年轻时谁不吃苦呢？他心甘情愿。他只有一个目的：摆脱一切、摆脱渴望，摆脱欢乐和痛苦。他心中有梦，以为自己与众不同。他像所有苦行僧一样折磨自己，为了理想奉献自己。他听任自己死亡，试图在消失了自我的思想里等待奇迹出现。

然而没有奇迹。悉达多发现，逃离自我，只是对抗痛苦的短暂麻痹。欲望始终存在，他找不到心灵的安静。他们苦苦追寻的佛陀有无数的追随者，人们痴迷于他的理论。然而悉达多不免质疑，佛陀的无数演讲却独独缺少一项内容，就是他自己。他是如何生活的，如何作为一个个体生活在数以万计的人中间。这个明显的缺失让悉达多果断放弃了追寻，他与好朋友分道扬镳。他觉醒了，这时候他已然是一个成年男子。他短暂地回望家乡，很快就决定继续前行。学习、祭祀、潜修，早已成为过去，家庭也不再是他的羁绊，他开始强烈地意识到自我的存在。

悉达多遇到一位船夫华苏德瓦，载着他渡过河流。船夫对他说："世上万物都会回来的，你也不例外。"船夫不求回报，他们微笑道别。很快，他被这个世界迷住了，春天的花、秋天的云，是那么的美。他遇到了城里的名妓卡玛拉。卡玛拉迷人极了，他第一次感受到了自己的欲望。年轻的沙门发现，向上天献祭虽然美妙，向美丽的卡玛拉献祭，也同样美妙。他随波逐流，听任自己往下坠落。他经商做买卖，轻而易举地挣钱。他把自己的一切活动视为游戏，只是游戏。他把自己从身边的人群中抽离出来，他观察他们，从他们身上寻找乐趣，而心却不和他们在一起，他把自己视为超越平凡的人。虽然有时候他也希望自己能像他们一样真实的生活，而不是作为一个旁观者只站在生活的一边。他不停地与卡玛拉纠缠，最终却疲倦了，他们是一模一样的人，都是生活的旁观者，只爱自己。

随着时间的流逝，世俗世界已经彻底将悉达多俘虏，娱乐、欲望、懒散以及他一贯蔑视的贪婪。他的产业和财富也将他俘虏了，它们对他已经不再是轻松有趣的游戏，成了锁链和重负。他参与金钱赌博的游戏，并且患得患失，他一边挥金如土，一边却越来越小气。他精疲力竭、日益衰老、身患疾病。而卡玛拉也开始枯萎，她害怕衰老，害怕秋天，害怕必然来临的死亡。悉达多从一场梦中顿悟，他经历了一切污秽、罪孽和愚蠢，承受着心灵上的荒芜，他决定与身边的一切作别，继续去寻找内心新的向往。

他回到了河边。当年他曾自豪地对卡玛拉夸耀自己的本领，我会斋戒、会等待、会思索。现如今，这三样成了真正的法宝。

在抛却了那些昙花一现的事物以后，他开始从头像孩子一般地做事情。他回到了船夫华苏德瓦身边，成了和他一样的摆渡人。一次又一次地帮助别人以后，他惊讶地遇到了他和卡玛拉的儿子。一个被母亲宠坏了的富裕人家的孩子。悉达多把他留下来照顾他，期待他会理解自己，接受自己，甚至会有所回报，然而他失望了。华苏德瓦告诉他，水愿意与水为伴，年轻人也愿意找年轻人，他是河水召唤而来的，也属于永恒的生命，你留不住他。谁能保护自己的孩子，不去经历他自己的生活，免受生活的玷污，不去探寻自己的道路呢？即使你牺牲自己，也不可能改变他的命运。人生本孤独，悉达多在船夫的话语中，仿佛看到了当年的自己。他开始怀疑自己，是否对学问，对思想估价过高，人生到底有没有意义。他探索了一生的到底是怎样的智慧。最终他在华苏德瓦衰老的孩子般的脸庞上看到，万物圆融的本质，是与身边的世界和谐相处。

再读悉达多，我终于明白，他就是人群中的隐者。我曾以为，这世界上大概有几类人，一类是心灵纯净的孩童，就像悉达多的朋友戈文达，他们能专注于某些事，他们生活在人群里，有单纯的喜恶。另一类是悉达多，他们孤独，他们思索，他们入世又出世。既不绝对圣洁，也不绝对罪恶。还有一类是摆渡人，他们奉献自己，帮助别人，尽管他们也救不了自己。再读一遍《悉达多》，我才发现，悉达多也在一边生活一边找寻，人人都可以是悉达多，人人都可以走向圆满。悉达多在青年时代奉行禁欲主义，然后入世享受人生，最后又从男人重新变回了儿童。他的心中始终有一只不死鸟，有一个模糊的目标去追寻。智慧是无法表达的，唯有去经历。先贤、智者、父辈都无法将智慧传递，生命就是重复，每个人都需要靠自己去悟道。河水是生命的意象，世界上的人，只要还没有熬到头，没有得到解脱，那么一切都会重复，重复忍受欲望之下的同样的痛苦。那些伟大的人、传说中的人，他们同样需要面对自己的欲望，同样需要自我找寻。

生命就是一条长河，河水不论流到哪里，都是同一时间。因为对于河水本身来说，既没有过去，也没有未来，只有当下。只要把握好当下，时间在河水的身上就会失去意义。人生是一个不断丧失的过程。很宝贵的东西，会一个接着一个，像梳子豁了齿一样，从手中滑落。体能，希望，美梦和理想，信念和意义，或你所爱的人，一样接着一样，一人接着一人，从你身旁消逝。年轻时，我曾以为生活是一条坦途，只要努力地走下去，一定会走向一条康庄大道。慢慢地，我发现生活是一条有无数分岔的漫漫长路，有的路口可以主动选择，有的路口甚至来不及刹车。但无论如何，作为生活在都市中的普通人，只要心底有光，用爱来面对这个世界，用赞赏来面对自己，就是真正的圆融与和解，你的灵魂就是你的世界。每一个当下都是生命这条长河中独一无二的存在，而支撑我们坚定地走下去的，唯有期待与爱。

幽暗中的微光

2022 年的最后一周，我开始发烧、咳嗽、头疼、嗓子疼，几乎所有的症状轮番来袭。都很难受，也都能忍受。正如眼前的日子，日日难过日日过。如果用三个字来定义这一年，我想大概是"不容易"，并且是大写加粗的不容易。有多少个睡不着的深夜，我百无聊赖地刷着手机，对着小视频傻笑，屏幕亮了又暗了，一个结束再换下一个。很多大事要事，大家一同隔屏经历过，想必有许多相通的悲喜。我们渴望团聚，我们想去远方，然而道阻且长。旅行计划一延再延，目标地点越来越近，直至取消。每一年年末我都会习惯性地写个愿望清单，去年我写了三个：1. 换一个角度审视自己，换一个角度善待别人；2. 工作、陪伴、读书、写作、运动，完成好每一天；3. 和有趣的人们一起做有趣的事。其中的第二条涵盖很广，我不断地降低预期，告诉自己要做好眼前事。最终，只在心底深处给自己提了一个具体目标，练出马甲线。

眼看着肌肉的模样一天天成形，这仅有的目标却被轻易打败。这一年，几乎所有的愿望都落空了。

现在再去看没中招的朋友们在圈里用各种方法抵抗病毒，突然有一种恍如隔世的感觉。有人在谈同住如何隔离消杀、有人在谈运动健身增强抵抗力、有人在谈戴口罩勤洗手，还有人谈练八段锦、按摩穴位等各种奇谭怪招。当身边几乎每个人都开始感染，我甚至觉得这不是生病，更像是外星人入侵。病毒是它们的触手，各自找到自己的宿主安营扎寨，等待被唤醒。如果最终每个人都不可避免被感染，未免太让人绝望了。我忍不住开始质疑，人类所有的努力，那些坚持与自律，到底有没有意义？在外星人的眼中，我们和蚂蚁，又有多大区别？工蚁在忙碌地修筑蚁巢，也会暗自期待自己能换个高级工种吗？它们又是如何去面对蚁巢倾覆的宿命呢？

可是，暗藏在心底深处那个倔强的我又忍不住会想，那种无法逾越的恐惧感，是真实的吗？会不会一个峰回路转，又柳暗花明？那么，早早地在一个并不禁打的怪兽面前缴械投降，岂不是冤枉？

需要重建信心。

我想起了多年前读过的艾玛·雷耶斯的《我在秘密生长》，生病的这段时间，又找出来重读了一遍。这是一本孩童视角的书信集，艾玛给她的朋友写了23封信，讲述她的故事。很难想象一个人会在如此悲惨的环境中成长。艾玛出生于波哥大，是个私生女。她天生斜眼，自有记忆开始，就和一个名为玛丽亚、可能是妈妈的人一起生活。然而这个"妈妈"行事诡秘，经常把三个孩子锁在家里，一去好几天。孩子们没吃没喝，只能干等她回来。为了生计，妈妈把弟弟"送"走了，艾玛不知道他去哪里，也不敢问，更不知道他们此生再也无法相见了。玛丽亚经常对孩子们拳打脚踢，埋怨她们拖累了自己，在一次返回波哥大的旅程中，玛丽亚认识了一位聊得很投机的先生，便毫不犹豫地丢下她们走了。艾玛毫无征兆地被抛弃，她和姐姐被送进了修道院。因为没有受洗证明，她们成了修道院里的黑户，被修女们孤立起来。修道院只是一个与世隔绝的地方，却非圣洁之所。她们是圈养的马驹，更是上等的劳动力。她们的生活只有两个简单的目标：最大限度地做工以及拯救自己的灵魂。她们被说服相信自己是最幸运最幸福的人。于是从不抗议，也不要求公道，她们的生活没有未来，唯一的奢望就是从修道院直接升入天堂。

艾玛的童年艰辛异常，在我看来，她的前半生过着令人绝望的生活。然而她却总能在幽暗中找到微光。伟大的马尔克斯是这么评价她的："她看到过魔鬼，也体味过温情。身体被禁锢，灵魂却一直在飞翔。"在艾玛的眼中，"妈妈"不在家的日子，垃圾场就是她的天堂，在垃圾场倒空便盆的那一刻是一天中最幸福的时刻。"妈妈"虽然忽冷忽热，有很多她不理解的行为，但是跟随她的脚步，她去过巧克力店、坐过驴车、见过人山人海中游行的"大人物"；修道院的生活固然冰冷无情，但她有一个秘密互助的6人小组，互相支援贡献工分、分享食物、感受温情；比起学习教义，她更喜欢天马行空的想象，她总能发明新的针脚和绣法，最终成为管刺绣的修女偏爱的女孩儿。

"世界以痛吻我，我却报之以歌。"艾玛对于伤害过她的人、伤害过她的修道院，甚至伤害过她的社会，没有丝毫的怨恨。故事的最后，艾玛从修道院里逃了出去。我不得不佩服艾玛最后决定逃出来的勇气，因为有些人，习惯在温水中游泳，一辈子就老死在修道院里，甚至从没想过要离开这个地方。

逃离了修道院的艾玛过上了开挂的一生，她到达了布宜诺斯艾利斯，步行、搭便车、乘火车、一路用尽各种交通方式，并在沿途售卖鱼肝油。她从布市去了战火正酣的乌拉圭，在车库里度过蜜月。之后又到巴拉圭的热带雨林生活，她的儿子被游击队员极为残忍地杀害。她画画、获得许多国际奖项，她不停地创作、不停地演讲。有人采访艾玛对自己童年的看法时，她说："有时我也觉得挺悲伤，但更多的时候，我认为那其实是一种幸运和特权。"在一个无人知晓的秘密角落，她在幽暗中独自生长，直到有一天开出一朵耀眼的花。我想在这个令人沮丧的当下，我们不能一直沉浸在不好的情绪里，什么事都往坏处想，而更要往好处想、往正面想。为什么那些励志的故事会流传下来，因为人们选择相信，相信"相信"本身的力量。即使是只工蚁，也要相信自己是能产出蜂王浆的那一只。

前几天刷到一则小视频，记者采访女子综合格斗世界冠军张伟丽，问她在经历了巨大的失败之后，是怎样调节自己的？她说，首先我需要让自己"松"下来。输了状态会特别"紧"，很容易受伤，所以首先要让自己平静下来，我调整了心态，转变了思维。

这简直就是说给我听的。人在不利的环境中，很容易变得更"紧"，一方面是自我保护的本能，熟悉的忙碌是安全感的来源；

另一方面，"紧"其实是一个怀旧的舒适区，让自己放松可能更费力，需要另起炉灶从头来过。但唯有"松"一点，换个思路，才有柳暗花明的可能。

这个冬天的大号 N 次方感冒让我心有余悸。我们在秘密生长，病毒也在。它们不断更新迭代，大有与人类共生的趋势。这个冬天，大家都不妨松一松，该躺平的躺平，该休息的休息，让身体恢复、让力量积蓄。重读《我在秘密生长》以后，我幡然领悟一个道理，或许，最重要的，就是最不为人知的。人生中起决定作用的，往往就是那些隐性的东西。它们在幽暗中积蓄力量，由量变而质变，厚积薄发，最终迎来新的转机。所以不妨"松"一点，等一等，谁知道呢，也许希望就在下一个路口。

对于即将到来的 2023 年，我一点儿也不敢夸下海口，我打算心悦诚服地等待各种症状轮番到来。我甚至想对它们说，外星的朋友，你好啊，请别走开，我们一起欢度圣诞，愿家人们平平安安，happily ever after…

坦然接纳真实的自己

跑完步回家，我沉浸在音乐里，没注意到一位邻居。当时，电梯里很安静，只有我和她。突然，她在我眼前挥手打破沉默："你是去跑步的？我走路，好像就是没有你瘦，可是，你跑步不怕晒吗？"她一边说一边端详我。电光火石的工夫，只怕她脑海里已经对比了很多要素。我摘下耳机，回看全副武装的她：一身运动装备，长衣长裤，手里还紧紧地攥着帽子和墨镜。我想了想说："总有取舍吧，选胖还是黑。"

女人都爱比较，我也爱比。我为什么钟爱读人物传记？是对各色人等充满好奇，总想体察不同地域、不同时代人的喜怒哀乐，比对他们的生活，寻求一些人生启发。我几乎一口气读完《暮色将尽》。我从未见过一个人如此坦然地面对真实的自己，并冷静克制地和盘托出。

戴安娜出生于英国诺福克郡一个富足的知识分子家庭。青年时代，她去牛津求学便留在伦敦。在那里她认识了一位踌躇满志的出版商安德烈，他们相识相恋，又退回朋友关系。二战后，他们共同创立了英国知名的出版公司。戴安娜作为一名编辑为这家公司服务了50年，直到退休。这一生，戴安娜没有结婚，也没有孩子，她甚至没有买房，一直租住在伦敦。101岁时，她在伦敦一家临终关怀医院辞世。从世俗意义上看，她的一生不能算成功，但她却坦然平静地享受当下。

我无从探究戴安娜的内心，书中提及的想必是困扰戴安娜已久并反复思考过的事，如果按重要性排序，她的写作顺序是：性、信仰、亲情、如何消磨日常、后悔与遗憾。我揣测，写作的同时，她在与自己和解，她用写作来治愈自己。于是我们得以了解，在人生的每一个重要关头，她是如何无视别人的目光，面对真实的自己，遵从内心做出决定。读的同时我忍不住感叹，她是我想活成的样子。然而，我做不到。这并不是因为我"暮色未近"，而是一个人需要足够强大的内心才能抛弃一切枷锁，丝毫不顾忌周遭的"流言蜚语"。

戴安娜首先直言不讳地谈到性对一个女人的重要性。从年轻到年暮，戴安娜经历过情感的每一个阶段。她曾情窦初开，宣称非某人不嫁；也曾坠入爱河，深信自己一旦结婚必将忠贞不贰；她被抛弃背叛，反复体会到男人的"不忠"；她介入过别人的家庭，成为无意破坏对方家庭的第三者；她邂逅过很多艳遇，有的短暂，有的漫长。她想结婚时未遇良人，被求婚时又无动于衷，最终单身一人。但有获得必然要有付出，这也是事物的规律。戴安娜显然经历过多重复杂的两性关系，嫉妒受伤在所难免。有些道理就是那么简单，性事的秘诀在于新鲜感，而保鲜几无可能。面对人性的贪婪，戴安娜的态度是尽量减少伤害，处理得当不让他人知晓。

信仰是另一重困扰。英国居民多信奉基督教新教，教众成员占英国成人的60%。此外还有天主教、伊斯兰、犹太教，等等。而戴安娜坦言不信上帝，这首先需要很大的勇气。她说："尽管我不信上帝，但人们一直教育我信，因此我觉得应该信，就好像一种原动力。"但反复思考以后，她在人生的很多阶段都否认了上帝的存在。她朋友邓肯曾说："也许宇宙的开端和结束并不像人们想象的那样，也许人类的大脑太过原始，无法想到其他的事情？"这位朋友很快在她的人生轨迹中消失，却开示了她的信仰。她认为不管是谁，把自己的所思所想当作放之四海皆准的规范都是可笑的，包括上帝。这个宇宙有太多未知，充满神秘，有很多我们不能理解的事物。自己虽然不信神，但她承认，只要这个社会还由那些较明智的信神的人掌管就还不错。我欣赏她的冷静与客观，尊重别人的信仰，做出适合自己的明智选择。有信仰的人至少有底线，在做出一些重大决定之前会有良知约束，普通人无从改变决策者的决定，唯有想办法做出应对，做好选择。

没有宗教的支撑，意味着必须面对"死去元知万事空"的死亡。而死亡无法一蹴而就，对于一个长寿的人来说更是如此，戴安娜首先必须面对的是亲人的离去。人到暮年，亲情不仅是牵挂，更是沉重枷锁。她母亲九十岁时聋了，一只眼睛全瞎，有严重的关节炎，基本无法行走，此外还有心绞痛和眩晕症。而她本人也已七十，在伦敦工作。她没有经济能力把母亲接到身边来，每周驱车去看望母亲又觉得身体吃不消，为此她充满罪恶感。她自私地选择了折中的办法，减少看望的频率。在母亲临终前，她一边期望母亲永远不死，一边却害怕生命的复苏。她害怕母亲持续痛苦，也怕自己不断面对自己的罪恶感。戴安娜的另一位亲人是巴里，既是情人也是朋友，他有糖尿病，后来又得了前列腺疾病，临终前的惨状戴安娜不忍描述。出乎她本人的意料，虽然内心深处渴望逃避，但她平静地接受，心甘情愿去照顾巴里的大小琐事。某种意义上她尽到了一个妻子的责任。在她看来，死亡并不令她恐惧，最难的是过程。在她的认知里，濒死之前最凄凉的是她的兄弟，不是因为身体上的痛苦，而是对生活太有激情，无法平静地接受死亡。从她的身上，我第一次意识到，内心的平静才是幸福之源。不知道哪一种面对死亡的方式更好，或许我们根本无从选择，只能接受命运的安排。

　　戴安娜用较大的篇幅写到了退休后生活的变化。很多年轻人渴望提前退休，早早地面朝大海春暖花开。可她却说，自己很幸运地工作到七十多岁，开车开到八十多岁。随着衰老的到来，人的活动范围在逐渐收缩。去的地方越来越少，听的越来越少，看的越来越少，吃的越来越少，受伤越来越多，朋友逐一死去，很容易滑入生活的悲观主义。年轻时不断学习，不断积累是为了有朝一日可以一举成功。一旦失去目标以后，会发现，人其实并没有那么多想做的事。戴安娜在第二次上写生课时就果断地放弃了画画，因为她发现自己永远也不可能超越一个画图员的水平，这种竭尽全力也只能做到二流的想法，让她的虚荣心受到伤害，最终导致她对画画失去兴趣。一味标榜自己的热爱毫无意义，我们必须面对虚荣心是原动力的事实。好在戴安娜找到了自己的兴趣所在，她热爱阅读，她有选择地阅读，一旦一本书的开头缺乏吸引力她就果断放弃。她对当代小说完全没有兴趣，因为大部分小说聚焦的就是她熟之又熟的生活。退休后她开始写作，写作是属于自己的空间，她认为除非一个人尽力描述真相，否则描写人的经历毫无意义，她在写作中抒发自己，进一步找寻自己，试图邂逅与自己同频的人并与之分享。

活着，就不得不生活在人群里。对比，被对比；选择，被选择。我们习惯于朋友圈的风和日丽和业精于勤，也习惯于看完以后暗自较劲。大部分人通过寻找别人的失败来安慰自己，看，他不过是表面光鲜，真实情况还不如我。其实别人过得如何和自己是一点关系也没有的，幸福感属于自己，别人揣度不了也替代不了。比较，毫无用处，只会徒增烦恼。明知如此，我们还是更愿意粉饰自己，以求在与他人的对比中胜出。我喜欢观察身边的人，大部分的年轻人都很辛苦，他们长年加班，与别人比，与自己比，努力去实现家长和社会赋予他们的期望。大部分的中年人都很充实，为了各种各样的愿望孜孜以求，投入地沉浸在社交圈里。也有些人开始选择安逸，在自己的小世界里自得其乐，种花养草写字画画，偶尔去远方看看风景。有的人则野心勃勃，他们在城市甚至国家之间奔波，既有主动的选择，也有被动的安排。我有位朋友在外企工作，很早就是一个寡头企业的高管，同时还经营着自己的小生意，按理说早该财富自由了，可去年见面时他还忧心忡忡地对我说，或许过几年要去深圳发展，他看好大湾区的前景，说自己确实很焦虑。我也有一起写稿的朋友，他们在全国范围内广泛投稿，不厌其烦给每个报纸杂志发邮件，对每一分稿费锱铢必较，因为这真的会对他们的生活造成影响。我感慨于人类样本的丰富性。

读完《暮色将尽》，我心有戚戚焉，或许与我这段时间稍许空闲有关。有了时间反而不知该如何安排。活力满满地计划安排了许多，又不免狐疑起来，眼下要做的这件事到底有多少意义，值不值得做出选择。戴安娜说："个体出生、长大、生儿育女、凋零死亡让位给后来者。不管人类做着怎样的白日梦，也无法幸免这样的命运。"等到90岁再遵从自己的内心未免太晚了些，不如早些放下包袱，去面对真实的自己。给人生做做减法，做当下最适合的选择，最符合自己心意的选择，而不一定是最正确的选择。假设能活到戴安娜写书的年龄，还有漫长的半生要度过。如何过好每一天是每个人每天需要面对的问题。我想，有一点是肯定的，只要活着就免不了被比较，戴安娜再随性，字里行间也透着压力。貌似肆无忌惮，实则痛彻心扉，是经历沧桑后的沉淀与反思。我们更是如此，每个人都背负着道德枷锁，生活在别人的口口相传里。但那又如何呢，被比较才能证明存在的价值。不如做自己的光，遵从内心，坦然接纳真实的自己。毕竟人生只有唯一的一次，不可能重头来过。

孤独是每个人要面对的难题

变老，似乎是一瞬间倏忽而来的。不知不觉中，我身边朋友们的状态发生了变化。有一位同事即将退居二线，思前想后选择了以前的单位，离开前对我说了这样一句话："这个世界从来都不善待老人，所以我要去寻找群体。"有的朋友开始空巢，孩子去异地求学，老公工作交流在外地，成了事实上的单身贵族。如果没有手机，人们可能一整天连话都说不上一句。孤独是每个人要面对的难题。马尔克斯在百年孤独里写道："人生的本质，就是一个人活着，不要对别人心存太多期待。我们总是想要找到能为自己分担痛苦和悲伤的人，可大多数时候，我们那些惊天动地的伤痛，在别人眼里，不过是随手拂过的尘埃。"

来认识一下欧维。《一个名叫欧维的男人决定去死》这本书是朋友不远万里寄来的。我拖到现在来读，本以为是一本"80后"随手写就的口水书，没曾想被赋予无穷力量。英文版读得吃力，我又买了中文版对照来读。顺应不同的心境，有时笑、有时哭，还好这世界上有书。

欧维是个 59 岁的老头，与生俱来的原则性让他看不惯周围的一切。他恪守成规、脾气暴躁，成天在社区晃来晃去，检查垃圾是否按标准分类，挑剔车辆有无按规定停放，抱怨谁家的草坪还没修剪。

他想自杀。

似乎没有什么值得他活下去的理由。

这么多年来，他兢兢业业，凭本事过活。他学着造房子，修家具，使用每一个工具去创造属于自己的房子，而那些人呢，他们轻轻松松花钱买来服务，买花里胡哨的宝马而不是循规蹈矩的萨博。这个世界变得让他不认识也不理解。他不用信用卡，只相信现金，他是个非黑即白的人。他失去了自己的孩子，又失去了最心爱的女人，最终失去了工作。他认为，做人就要做有用的人。他从来都是有用的人，这是不争的事实。他做了一切社会需要他做的事：工作、从不生病、结婚、贷款、缴税、自食其力、开正经的车。社会是怎么报答他的？它冲进办公室让他卷铺盖回家，这就是报答。他突然就没用了。

他尝试了各种各样自杀的方式，可每次都没能成功。总有各种各样的事耽搁他去死的进程。一对年轻夫妇闯入了他的生活，他们不由分说占据了他的时间，无视他的习惯和规矩，横冲直撞地搅和了他的生活，却给他的世界带来了从未有过的色彩。欧维毒舌却心软，他被邻居家的萌娃感动了，照顾孩子、接送孕妇、收养流浪猫，他感受到了自己的价值。我喜欢他的妻子索尼娅，她善良而通透，她是欧维黑白世界里的彩色亮光。她常说："每个人都想有尊严地生活。"对于欧维这样的人来说，尊严就是自力更生，不需要依靠别人。他在掌控感中寻找自己存在的价值，明辨是非，知道该走哪条路，知道该在哪儿拧上螺丝。她由着他在家里捣鼓，在他的小小世界里决定一切，那是他的尊严。

人生的意义到底是什么？莫言说人是虚无的，人生的意义就是生而为人。这话没错，但我想，或许，有一种意义就是像欧维一样有节制有尊严地生活。

生活在北欧的欧维很像现在的我们，人与人之间亲近又疏远。我们生活在无形的网格里，一旦触碰边界，就会遭遇强烈撞击。欧维是规则的制定者和维护者，随着亲人们一个个逝去，欧维并没有找到消解孤独的法门，他以为自己的生活看起来就这样了，一心求死。直到他被动地接纳了帕尔瓦娜一家，从照顾女孩儿们身上找到了慰藉。有时候，换个角度，世界大不同。死很容易，有尊严地活着却难。成年人的生活里没有"容易"二字，一切都是最好的安排，前提是需要有光指引，哪怕是最微弱的念想。邻居一句不经意的鼓励、朋友一个老生常谈的故事、孩子一个跌跌撞撞的拥抱，都会成为默默的善意，成就他人的生命之光。孤独的方程式需要每个人自己去求解，在漫长的死亡到来之前，用什么样的方式去填充生命是每个人必须面对的课题。

人能参透生死，与命运和解吗？我想应该能。欧维最终还是死了，他处心积虑的设计统统以失败告终，死亡却在大家意想不到的时刻到来。正如马尔克斯所说："人不是该死的时候死的，而是能死的时候死的。"人生中，有时是会发生这样的事，无法解释，也不合逻辑，却唯独深深地搅乱了我的心。这样的时候，大概只有什么也不想，什么都不考虑，只有闭上眼睛，让一切过去，就像从巨大的浪涛之下钻出去一样。

人人都有某种病

　　这两天在读的是阿根廷小说家萨曼塔·施维伯林最新的小说集《七座空屋》。画家陈丹青曾经说过，眼界开了是很糟糕的一件事。书读越多越气馁，没什么是别人没做过的，没什么是别人没写过的，那些人的才华远在你之上，甚至要比你年轻得多。萨曼塔是我的同龄人，获奖无数，两次入围布克奖决选，被诺贝尔文学奖得主巴尔加斯·略萨称为"西语文学有希望的新生力量之一"。

　　这本集子很短小，总共只有7个故事。第一个故事叫《一无所有》，女主角的母亲窥视成瘾，自从父亲离开了她们，母亲就带着她闯入别人家里，到处翻检，窥视别人的生活，并随心所欲地拿走自己心仪之物。萨曼塔选择了一个极窄的视角，详细描写了她们闯入某个家庭并落荒而逃的过程，母亲偷偷拿走了主人最珍视的糖罐，藏在自家后院。女儿对找上门来的主人说，你自己进来找吧，故事到此戛然而止。初看是一个莫名其妙的故事，读者想知道的是母亲为什么会变成这样，父亲为什么会离开，她们到底在寻找什么。这些全无交代。细看又是一个绝妙的讲述，什么都没说，什么都说了，每个人可以有自己的理解和推断，一如我们的生活。极力辩解的未必是别人相信的真相，真相如何也没有人真正关心，人们相信的是他们愿意相信的，作为讲述者只管说就好。

有时候故事的发生取决于如何被讲述。读者想象的未必是真的，作者讲述的也未必不是真的。萨曼塔最擅长的就是讲述，这在《不幸之人》中体现得淋漓尽致。"我"三岁的妹妹喝下了一杯漂白剂，为了救她，"我"父母脱下"我"白色的短裤挥舞着一路飙车去了医院。忙乱中没人顾得上"我"，"我"只好并拢双膝独自在候诊室等候，遇到一个陌生男子好心地带"我"去附近的服装店买短裤。父母找不到"我"立刻报了警，发现"我"穿了一条新的短裤更是怒不可遏。真相如何根本不重要，人们的想象决定了他们的行为。

另一个给我留下深刻印象的故事是《空洞的呼吸》，也是全书篇幅最长的一个故事。洛拉在故事的开头以冷静理性的形象出现，她有条不紊地为赴死做准备，她列清单，提前收拾物品，同时为丈夫准备三餐。她的清单很简单，1. 把所有物品分门别类；2. 捐献非生活必需品；3. 打包重要物品；4. 专注于死亡本身；5. 不理会他的干预。在她的眼中，即便已步入晚年，死亡依然需要致命一击，需要某种肉体上或情感上的推动。日子一天天地过去，洛拉和丈夫的生活乏善可陈。他们吃健康食物，看电视里的新闻，偶尔去超市购物。可是洛拉对周遭的一切充满疑虑，家里的巧克力粉不见了，丈夫在车库里不知道在做什么，有个邻居家的小男孩出现又消失了，曾经在超市里发生过一件关于她的大事，而她却没有任何选择权和决定权，只能听由丈夫说了算。她的身体状况越来越糟，日子却每天都在继续。萨曼塔用高超的讲故事技巧让事件的发生层层递进，她着眼于事件本身的细节描写，让埋伏的线索丝丝入扣。看到最后，我才明白，洛拉是一个阿尔兹海默病患者，她失去了自己的孩子，被丈夫精心照料着。她用自己仅存的记忆、经验和理智去分析身边的一切，时时刻刻为死亡做着准备。比身体状况更糟糕的其实是她的精神状况。命运的荒谬在于，隔壁男孩跌落在沟里死了，她看到了，却没能及时报警。而丈夫也死了，她还活着。她的清单在不断修改，最后变成了：1.专注于死亡本身；2.他死了；3.隔壁的女人很危险；4.要是有什么事想不起来，就等一会儿。

读完这 7 个貌似奇幻实则真实的故事，只觉得可笑又悲凉。书封的推荐上这么写着：当事物找不到它的位置时，故事就会发生。而我却觉得，导致故事发生的，不仅仅是位置的错位，还有每个人隐藏在内心的阴暗面。人人都有某种病，抑郁、狂躁、健忘、虚荣、洁净成癖、窥视成瘾，谁没有一点呢，不是这种，就是那种。萨曼塔用细节推陈的方式把人性中的阴暗面展现出来。那些故事里的人都是生活在我们身边的正常人，过正常的生活，做无尽的琐事，有各自的烦恼，和各种毛病。

我深深觉得，陈丹青是通透的，开眼界真的是很糟糕的事，不仅仅是文学与艺术，生活也是如此。这大千世界，每一天都有不同的故事在发生，做一个懂事的人不如做一个单纯的人。简单一些好，知道的越少越好。有些事，如果别人不想让你知道，那么，最好就不要知道。回想起来，我们对另一个人的怦然心动，那些简单而纯粹的喜欢，有没有可能只是因为年轻，以及，了解得太少。

一切只是刚刚开始

人类每次正视自己的渺小，都是自身的一次巨大进步。

——弗兰克·赫伯特

《沙丘》的故事围绕一种资源——香料展开。采集香料就像优秀红警里的采矿车采矿一样，但是采集到的香料不是拿来当燃料的，而是拿来给人吃的。有些人吃了香料，能获得预知未来的能力。不过，大部分人，吃了香料只能延年益寿，还会依赖成瘾。与其说《沙丘》是围绕香料展开的故事，不如说，《沙丘》是一个有关人性的故事。

我先看电影，看得眼花缭乱。看完电影再去读书，才明白这仅仅是弗兰克·赫伯特构建出的庞大宇宙世界的一部序章。不由得惊叹于作者无穷超凡的想象力。

男主角保罗的父亲是 A 星球上的厄崔迪公爵，母亲杰西卡是神秘女性圣教组织——贝杰姐妹会的成员。皇帝安排公爵去沙丘执政，替换掉原先的统治者哈克南男爵。表面上看皇帝是把沙丘这块富藏香料的肥肉从哈克南男爵嘴里抢来，赏给了厄崔迪公爵。实际上，这是皇帝摧毁厄崔迪家族的一石二鸟之计。

厄崔迪公爵明知道这是陷阱，却不得不去，当文明发展到一定程度，人们会变成庞大机器中的一枚螺丝钉，荣誉、使命、责任都是说服自己基于既有轨道行走的理由。就好比日本人明知自己住在地震带上，却不愿为此搬家，道理是一样的，不过是惯性使然。

保罗母亲所在的贝杰姐妹会为了挑选能预知未来的天选男性，精心设计了保罗父母的婚姻。贝杰姐妹会是一个极为奇特的宗教组织，其在帝国的地位大约等同于欧洲中世纪的教会，姐妹会的领导者"圣母"则等同于中世纪教会中的教皇。

男人征服世界，女人征服男人，看起来很公平。圣母安排具有超能力的姐妹嫁给各大家族的首领以实现统治，与皇帝在政治上分庭抗衡。保罗正是那个天降大任的天选之人，看得出，他将成为带领阿拉伯人战斗的英国领袖劳伦斯，一个王子复仇记一般的故事即将展开，一切尚未开始，一切尽在掌握。

《沙丘》是最经典的科幻小说，反映的却是人性。勾心斗角的政治斗争，人们面对稀缺资源的疯狂争抢，面对亲情爱情与欲望的不同选择。人生而不易，只有努力地朝着希望走，哪怕明知道没有希望，也得走下去。厄崔迪公爵明知道出发是万劫不复，还是带领整个家族头也不回地奔赴沙丘。"真正的修行不是逃离，不是躲避，而是欣然的面对，全然的接受，接受此刻正在经历的一切好与坏。"

厄崔迪家族全部覆灭，只留下王子坠入沙丘里，他决定留下来。活着就有期待，人世间就是一个大的修道场，人人都是修行人。上天总是用不同的方式在提示我们去珍惜眼前的生活。我身边的朋友们也是如此。有朋友抑郁症复发，有朋友病灶待检，相比死亡而言，有什么是过不去的呢？下午路过乌龙潭公园，一位年轻人用轮椅推着老父亲缓缓走着，他时不时俯下身去和老父亲交谈，指着不远处说笑话。老人笑得开心，手不停地抖着，却抬不起来。这一对父子，很辛苦，也很温暖。

保罗不断地对自己说："我绝不能恐惧，恐惧是思维的杀手。恐惧是引向毁灭的死神。我将正视恐惧，任由它穿过我的躯体。当恐惧逝去，我会打开心眼，看清它的轨迹。恐惧所过之处，不留一物，唯我独存。"万事都可以笑而接纳，时间是抚平心灵皱褶的良药。这世上没有完美的人生，也没有永远明亮的生活。生命的意义，就是亲历这个过程，并顺应它的发展。

我正在经历一些事，对我来说可能是人生中首次遇到的最大的困难。每一天我都在祈祷事情能尽快平息，内心很恐慌。但是，能怎么办呢？每个人都会犯错，错了就努力改正它。既然发生了，再害怕也必须去面对，怨天尤人没有任何用处，唯有坚定地向前走。

当看到保罗和母亲为躲避敌人追杀，驾驶蜻蜓机飞入沙尘暴中，我感到一阵战栗，有如一群细小的蚂蚁漫无目的地爬上了我的皮肤。保罗在难以控制飞机的时候出现了幻觉，有个佛德曼人对他说："The mystery of life isn't a problem to solve. But a reality to experience. A process that cannot be understood by stopping it. We must move with the flow of the process. We must join it. We must float with it.（生命的奥秘不是要解决的问题，而是要经历的现实。这是一个无法暂停来理解的过程，我们必须随着进程的进展而前进。我们必须加入它。我们必须顺其自然。）那一刻，我热泪盈眶，仿佛被治愈。该来的总会来，顺其自然就好。

有趣可抵岁月漫长

遇见 Q 先生是个巧合，某项工作实在排不出人接待，我被安排去应了个景。长长的送站路上，实在无话可谈，聊起了读书。聊读书这件事本身就很尴尬，大多数人胡乱谈几本名著以体现自己的品位，他却不是，他掏出一个用熟了的 kindle，与我比对分析了版本。

此后的几年我们很少说话，只是在每年年末会交换一下这一年的书单。书单往往差异很大，他读的偏理性，多史哲、科学，以质取胜；我读的偏感性，多文学，以量取胜。每年我都会有意识地从他的书单中挑一两本来读，算是调整一下知识结构。由于工作本身的交集不多，接触的机会有限，这几乎是我们全部的交往。直到 4 月的某一天，他在微信上突然发了一张图片给我，就是叔本华的《人生的智慧》。他对我说，看了快一半，感觉应该早二十年看这书。这话没头没脑，是现在没必要读没什么帮助呢？

还是早二十年读了人生就开挂了呢？

我专门去了趟书店，可惜没能买到 Q 先生推荐的版本。百度上叔本华的金句比比皆是，系统地读完叔本华著作还是第一次。《人生的智慧》是叔本华晚年的心血之作，可以说囊括了他一生的思想。读完以后感想很多，但我不想谈体会，在大师面前谈什么都是浅薄。以下仅仅是读书笔记，全部来自于叔本华本人的阐述，人生的智慧是什么？人是什么？人拥有什么？以及你在他人眼中是什么样的？简单记录既是整理，也是总结。

人生的智慧是什么？

《人生的智慧》算不上哲学巨著，写得十分通俗，与我想象中的完全不同。叔本华写了一篇又一篇题目自拟的随笔，涵盖了幸福人生的方方面面，编书时作者按照总分结构分类。因此，人生的智慧并不神秘，在叔本华的论述里，就是后面的三个章节的总和，第一，人是什么？第二，人有什么？第三，人在他人的眼中是怎么样的。叔本华认为人就是人的"个性"，包括了健康、力量、外貌、气质、道德品格、智力和教养。人所拥有的，包括外在财务和一切占有物。人在他人眼中是什么样的，基于这个人已经获得的荣誉、社会地位和名声。

叔本华认为，人与人的差异是大自然决定的，"人是什么"本身决定了这个人的幸与不幸。他引用了伊壁鸠鲁的门徒迈特罗多鲁斯的论述："得于我们自身的幸福，要比我们从外界获取的更伟大。"这是叔本华全书的基本观点，一个人内心满足与否，取决于他的情感、欲望和思想的共同作用，外在环境只起到间接作用。个性决定命运，你是什么样的人，你就获得什么样的幸福。不幸福只是因为你感到不幸福，精神的力量能帮助人领略到更高层次的快乐，否则就只能享受感官的乐趣，低俗的消遣，等等。在痛苦面前，人人平等，我们能做到是量力而行，最大限度利用好我们的个人品质，选择适合自己的人生位置、职业和生活方式。

人是什么？

叔本华认为，一个人的个性如影随形，他自身有什么，是需要考虑的头等大事。他引用亚里士多德的名句："金钱总有散尽之时，唯有性格始终不渝。"

就人自身而言，叔本华认为，乐观和美貌能让一个人更幸福。健康是幸福的基础，而美貌则是一个人的优势。无论对男性还是女性，美貌是一封公开的推荐信，让人更受青睐。"美貌是只有神祇才有资格赠予世人的礼物，不可小觑。"美貌可以给别人留下深刻的印象，并间接地为幸福做了贡献。而乐观代表了一个人感受幸福的能力，不同的人对愉快和痛苦的感受程度不同，乐观的人只要有一件事做成了，就会成功地从中找到安慰，并保持愉悦的心情，因为百分之百的坏事实际上并不存在。相比较而言，乐观的人比悲观的人更能感受幸福。叔本华认为，人类的幸福主要源自内在，一个人的自身条件决定了他对幸福的感知。

此外，叔本华将人分为两类，一类是庸俗的人，在他看来，庸人是没有精神需求的人，这类人是不被缪斯女神眷顾的。他们只满足于感官的乐趣，只有生理需求，是沉湎于虚荣心，附庸风雅的人。另一类是孤独的人，智者多是孤独的，一个人自身拥有的越多，想从他人身上获取的东西就越少，只有静下心来，才会向内求索更多。

叔本华认为，乐趣来源于需求，没有真正的需求，就没有真正的乐趣。生命是一团欲望，欲望不能满足便痛苦，满足便无聊，人生就在痛苦和无聊之间摇摆。大智慧的人会在痛苦和无聊中找到平衡之方，并设法从中感受幸福。所谓的平衡之方无他，是充满活力地做你擅长的事，并取得预期的结果。擅长的事因人而异，对于庸俗的人来说可能是美酒美食，对于孤独的人来说可能是需要付诸努力去追求的精神生活。

快乐是一种即时的幸福，只能短暂拥有。当快乐来敲门，一定要打开大门去迎接它。我们的存在不过是永恒的生死两端中，最短暂的瞬间，若你笑口常开你就是幸福的，快乐是我们追求幸福的最高目标。

人拥有什么？

叔本华认为，人所能拥有的也正是他们需求的。伟大导师伊壁鸠鲁将人类的需求分为三大类，首先是必需的自然需求，如衣食住行等，这类需求容易满足。其次是非必需的自然需求，比如感官上的满足，满足起来相对容易，第三类是非自然也非必需的，即对奢侈、铺张或是浮华的无止境的追求。

从拥有的角度来看，衡量一个人的幸福，不能只看他拥有什么，更要看他想要得到什么。每个人都期望得到更多，但格局限制了我们的视野，视野限制了我们的所得。我们之所以感到不满，是因为我们的欲求越来越多。叔本华认为，穷人比富人更易挥霍，穷人认为自己的天赋就是资本，挣来的钱不过是附加值，即便把赚来的钱挥霍光，他们也可以从头再来，而富人则对未来更加慎重，生活上更加节制，他们有条不紊、精打细算，终其一生都在守护自己的财产。富人并不比穷人幸福，幸福取决于需求与满足之间的相对关系。

叔本华特别强调，妻子和孩子不能算作拥有，与其说一个人拥有妻儿，还不如说他为他们所拥有。

你在他人眼中是什么样的？

这一章节占了 1/2 的篇幅，可见重要性。有些观点不断修正，并反复出现，说明叔本华也在不断思考。这一章要和叔本华的人生联系起来看，现实生活中他不算成功人士，他出生于大富之家，一生衣食无忧。绝大部分时间，他只是一个自由撰稿人，甚至未能在大学中谋得一个稳定的职位，仕途更是谈不上。他被心仪的女士反复拒绝，一辈子单身。罗素说叔本华的恋爱"色情而不热情"，叔本华对女性的描述有着根深蒂固的偏见，虽然这种偏见可能代表了当时社会上大部分男性的偏见。

总的来说，叔本华认为荣誉感是人类的独特天性，人类天生会在意别人如何看待自己，期待得到别人的赞美。幸福主要依赖思想平和与内心满足，我们应该认识到，一个人如何看待自己更为重要，只有当他人的行为对我们有所启发，并引导我们去修正自身时，才会对我们有所影响，因此不要过于在意他人的眼光。

叔本华将世人眼中的价值分类为地位、荣誉和声望。社会地位是传统价值，荣誉包括公民荣誉、公职荣誉和两性荣誉，声望是传世价值，是一个人的声名。在叔本华看来，社会地位是虚无的，不值得智者去追求；公民荣誉属于道德层面的价值，需要我们充分尊重他人的权利并互相信任，代表了人与人打交道时需要遵守的基本规则。公职荣誉是担任公职者应具备的基本素质，与官位等级直接相关，简单地说，公职荣誉是官员、军人们的基本职业操守，也是普通公民应当怀有的敬意。两性荣誉则很简单：男人征服世界，女人通过征服男人而赢得世界。

叔本华认为，真正值得求取的是声望。相比真正的名声而言，一切暂时的忍耐都是值得的。当遭遇嘲讽、打击、挫折时，不去在意就好。让步不是输，要以长远的眼光看问题。立功与立言都是建立名声的实现路径，相比而言，立功更依赖于命运之神的眷顾，时势造就英雄，而立言需要时间、寂寞去成就，唯有作品永垂不朽。

我并不认为这本书应该早二十年去读，甚至再晚点读也无妨。带着攻略去打游戏，还有什么趣味，不如带着通关的喜悦去书中寻找印证。对大多数人来说，读再多的金句，依然过不好这一生，而人生既短暂又漫长，如何度过完全取决于自己。我赞同叔本华的基本观点，性格决定命运，幸福唯有自求，唯有向内寻找。

有趣可抵岁月漫长，人生就是一场又一场的奇遇，用有趣的心情等待，就会遇到有趣的人和事，哪怕只能点亮一丝丝美好，也值得认真去对待。

曾有位朋友说过，世界如此精彩绝伦，应学会欣赏和珍惜。不知他有没有碰巧读过叔本华。

塑料花姐妹友谊地久天长

下午儿子去试听了一堂记忆力训练课程，用思维导图的方法帮助记忆。放学回来两个人很兴奋地报告，又缴学费了。神啊，又报了一个暑假班。行吧，开心就好，有人爱上课，有人爱报课，也算是一种奇异的平衡。很久没见儿子这么眉飞色舞了，聊到同班的一个女生，他用了一个形容词：装。我惊异地抬头看看他，他手舞足蹈地解释半天，在我的再三追问下，换成了书面用语：谦虚。

听完我大致明白了，随之呼啸而来的，是那些年少时光。大概每个班都会有几个神仙学霸，他们不复习，早早睡，却总是名列前茅。若问起他们的学习经验，多半回答你，认真听讲。

我的闺蜜被子最近推荐了一本书，让大家有时间看看，书名是《我的天才女友》。她说，想到了我们的少年时代，想到了我们，你们。

我和被子是同桌，她喜欢王祖贤，长得也像。她英语特别好，字也写得漂亮。有段时间我们在课间疯狂练字互相临摹，以至于现在我们的字很像。席子从小是美人，大家穿妈妈打的毛衣，她穿牛仔夹克，她自然流露出风情万种，有一股天不怕地不怕的劲头，许多男生在校门口为她打架。她总是自信地说，我只跟美女玩。于是，我们都成了美女。

被子推荐的书自然要重视，我认真去找，豆瓣看评分，当当下单。《我的天才女友》是《那不勒斯四部曲》中的第一部。豆瓣剧评高达 9.5 分，书评表现也丝毫不差，后续三本书《新名字的故事》《离开的，留下的》和《失踪的孩子》评分都在 9 分以上。由于剧集改编得太过成功，《新名字的故事》被称为《我的天才女友》第二季。

那不勒斯就是 Napoli，是意大利南部第一大城市。我先看剧，快速记住了人名，再读书，克服了脸盲症。好在影片对书几乎完美还原，那不勒斯老城在影片中展露无遗，破败、颓废、灰暗，每个人都面无表情，他们有时顺从，有时狂躁，怒气在瞬间爆发。

书中通篇采用第一人称，大段大段描写心理。影片则用有限的旁白让"我"（埃莱娜）发声，透过隐晦的意象去刻画一群生活在贫民窟里的人，他们对未来不抱幻想，在命运洪流中苦苦挣扎。

《那不勒斯四部曲》叙事宏大，包括战败余温、贫民生活、男权社会、暴力淫乱。莉拉与埃莱娜在这片土壤上顽强地生长，有如双生花。她们聪明、漂亮，有天赋，是学校里成绩最好的两个，这一切注定了她们无法泯然于人群，也注定了她们命运多舛的一生。

那不勒斯五六十年代的生活图景和我们二十世纪六七十年代类似，其实每个文明古国的问题都差不多。穷人们生生不息，他们互相嫉妒、互相争斗。莉拉早早地了解权力属于谁，该讨好谁，班级的知识竞赛中唯独不能去战胜的是肉食店老板的儿子。

家庭贫困让莉拉没能上中学，她早早地嫁了，成为全城瞩目的阔太太，命运让她和埃莱娜走上了截然不同的人生之路，唯一相同的是她们与命运之间坚持不懈的斗争。我不想剧透太多，虽然我读了，建议你们也去读一读，尤其是女性朋友，看剧也无妨，你会在每个角落找到自己的影子，那些小嫉妒、小情爱，都真实存在过。时光不会等，只会策马扬鞭。那些当时的刻骨铭心已成为过往的风轻云淡。

莉拉和埃莱娜是塑料花姐妹。她们是知心好友，能读懂对方的一颦一笑，表达意见只需要一个眼神。她们整日厮混在一起，她们互相交换读书心得，她们一起玩心爱的洋娃娃，她们一起去寻找大海，她们分享女性成长过程中的点滴，她们共同讨论评点身边的男孩子们。

同时，她们也是对手，埃莱娜与莉拉交换读书心得的同时却在暗自较量成绩，埃莱娜最心爱的洋娃娃被莉拉扔进了深不见底的地下室，埃莱娜甚至怀疑莉拉之所以带她去海边只是为了让她的父母惩罚她，不让她上中学。莉拉嫉妒埃莱娜逐渐有了女性特征嘴上却不肯承认，她们互相比较那些爱上自己和自己爱上的男孩子们。

作为女性，我也在慢慢成长，这些年似乎才有一点心得。面对一个小男孩我却常常手足无措，老公对我说，你不能用女性经验去对待儿子，他是一个男孩子。我暗自想，或许也有共通之处吧。随着考试越来越近，儿子每次模拟测试后都会不经意地提起他心目中的对手小C同学，我佯作不知，一边微笑地听他东拉西扯，一边回想自己混迹在课堂里的岁月。

每个孩子心中都有一个假想敌，是对手也是好友。莉拉和埃莱娜相爱相杀，在漫长的岁月里做了一对塑料花姐妹，这样的友谊其实地久天长，比两性关系更坚定更久远，正因为拥有一位如同镜像的影子朋友，才生发出一股力量，支撑她们一路走下去，激励她们如夏花般灿烂。

被子说，她想到了席子，我想应该是莉拉，祝我们的友谊地久天长。但愿我的小男孩也能找到几个好兄弟，同他们一起成长。我喜欢作者在序言中引用的一首诗，引自歌德的《浮士德》。

> 上帝：是的，你什么时候来都可以，
> 我从来都没有仇恨过你的同类，
> 以及那些不顺从我的人，
> 讽刺——是我最不讨厌的行为，
> 人类最容易气馁，他们很快就会
> 进入永恒的睡眠。
> 因此我很乐意给他们找个同伴，
> 充当魔鬼的角色，刺激他们。

一个女人的自我救赎

去年此时迷恋毛姆，于是一口气读完了《月亮与六便士》《刀锋》《人性的枷锁》和《面纱》。《面纱》一开头就很劲爆，女主凯蒂在家里出轨被丈夫发现，然而丈夫并没有露面，只是转转门把手以示警告。

没有爱的婚姻才是一切问题的本源，凯蒂匆匆地抓住了瓦尔特，却并不爱他。这是一个悲伤的开始。在童话故事里，王子和公主结婚了，他们 happily ever after，然后是 the end。而现实生活中，男人和女人结婚了，鸡零狗碎的日子才刚开始，日子还长着呢。

凯蒂的丈夫瓦尔特是一个聪慧正直的理工男，他不苟言笑却洞察一切，他带着凯蒂去了香港，眼看着凯蒂对唐生如痴如醉，却不愿捅破这层纸。"我对你根本没抱幻想。"他后来对凯蒂说道，"我知道你愚蠢、轻佻、头脑空虚，然而我爱你。我知道你的企图、你的理想，你势利、庸俗，然而我爱你。我知道你是个二流货色，然而我爱你。"

凯蒂有一双大大的眼睛，活泼又水灵，她有一头略微泛着红色光泽的卷发，美丽又娇俏。她那么美，怎能不自信呢？唐生怎么可能不爱她，又怎么可能不要她。然而她错了，她自以为的爱情，不过是唐生的一场风流韵事。毛姆说："我从来都无法得知，人们究竟为什么会爱上另一个人，我猜也许我们的心上都有一个缺口，它是个空洞，呼呼地往灵魂里灌着刺骨的寒风，所以我们急切的需要一个正好形状的心来填上它，就算你是太阳一样完美的正圆形，可是我心里的缺口，或许却恰恰是个歪歪扭扭的锯齿形，所以你填不了。"爱情只是一种感觉，是灵光乍现的一瞬，既无法早一点，也不能晚一点。那一瞬间如流星般滑过，而柴米油盐的生活仍需在黑暗中一点点消磨。

凯蒂改头换面，开始寻找自我。透过分崩离析的爱情、婚姻和欲望，她下意识地去寻"道"。内心的安宁存在于灵魂的深处，它的到来或早或晚，因人而异。如果死亡就是万物的归宿，那么我们存在的意义是什么呢？究竟是终点的荣耀更重要还是过程的美好更重要？

再来看《剧院风情》。最近特别忙，花了差不多一周鸡零狗碎的时间才读完，我简直要为毛姆拍案叫绝。刚关注不久的一个公众号把毛姆大叔比作中国版的张爱玲，最擅长写家长里短流言秘辛，我深以为然。可读完了《剧院风情》以后，我以为他更像中国版的严歌苓，心中深埋着悲伤的种子，在阳光雨露中浸润、发芽，成长为一朵自由之花，恶之花。

茱莉亚是凯蒂的一体两面，她是英国舞台上的一代名伶，是个天生的演员。舞台上她光彩夺目，生活里她为情所困。女人是天生的情感动物，一旦动了情，就地动山摇，放着好日子不过，怎一个"作"字了得。

茱莉亚费尽心机把剧院里最帅的迈克尔追到了手，他们的婚姻甜蜜、幸福、波澜不惊，是众人眼中的典范。迈克尔经营剧院，茱莉亚是主角。他们是夫妻，也是彼此了解的合伙人。然而再深的感情也经不起时光的折磨，年近半百的茱莉亚爱上了比自己儿子大不了几岁的汤姆，她送他礼物，为他租房，带他出入社交场合，给他介绍名流人士，她用尽一切办法笼络他，挽留他，一段新的恋情让她生机勃勃。

然而老去是必然的，先是身体上，她发现了汤姆躲闪的视线，他试图用床单盖住她的裸体。然后是舞台上，她情绪激动，演技浮夸，完全失了水准。美女什么时候才真正会老去？答案是当她的儿子长大了，并且天天在她眼皮子底下晃。罗杰与汤姆成了好友。茱莉亚甚至开始吃儿子的醋。

这还远远没有终结，年轻的汤姆像一只飘忽不定的风筝，她拉不住手上的线。她眼看着他爱上了年轻的女演员，于是再一次斗志昂扬地走上战场。舞台是她的主场，她用银色长裙、鲜红纱巾、身体的姿势和角度干脆利落地把小姑娘打压了，用现代人的话说，统统都是套路。

陀思妥耶夫斯基说："人是不幸的，因为他不知道自己是幸福的。"茱莉亚在不断追逐爱情，并错过爱情，她与西班牙人擦肩，与查尔斯暧昧，直到有一天罗杰对她说，"你永不停息地演着戏，演戏成了你的第二天性，我常常怀疑是否真有一个你。"她才似有所悟。

莎士比亚说："全世界是一个舞台，所有的男男女女不过是一些演员。"毛姆把《剧院风情》写成了《面纱》的反转，真相是什么呢，不一定在面纱里面。茱莉亚突然意识到，她们这些演员才是真实的。她对自己说："他们是我们的原料，我们表现出他们生活的意义。他们说演戏仅仅是作假，这作假却正是唯一的真实。"

青年时代该读的书放到中年来读是一件很窘迫的事，轻易暴露了自己读书不多的事实。但有时候也庆幸自己年轻时读书少，怀着美好臆想走入生活，每一个开始都是新鲜的。从星星点点的绿意变得褐色斑驳。书中没有颜如玉，却有别人的人生，对我来说，书就像游戏里的攻略。还是不带攻略去打游戏比较好，过程中绞尽脑汁，喜悦是纯粹的喜悦。通关以后再看攻略，会觉得百无聊赖。

一个女人自我救赎的方式到底是什么？是像凯蒂一样去追求内心的安宁，还是像茱莉亚一样可着劲地折腾？这个问题无解。人生终将归于平静。茱莉亚去法国南部看望自己的母亲，在那个灰色、简朴却舒适的小城里，她大量读书、读诗，每天漫步在幽静的街道里。与她朝夕相处的是两位老太太，她们既不知怨恨、也不知嫉妒，她们感到满足，那是一种精神上的自由。而她不同，只有在万众瞩目之中，她才能找到自己内心深处的平静。

每个人都在自我救赎，凯蒂在向内探求，茱莉亚在向外寻找。重要的是给自己立好界限、设好底线，你有什么样的念头就会做出什么样选择，成为什么样的人。

最后来说一个小故事：很久以前，黄河入海口有一群红鲤鱼。小红鲤最小，得到大家宠爱。有一天，一大群黑鲮路过。最小的一条跟小红鲤差不多大小，小黑鲮看景迷路掉队。红鲤鱼收留了它。很快，小红鲤和小黑鲮成了好朋友。它俩每天在水草丛中嬉戏游乐。小红鲤活泼伶俐，热情好客。它爱吃水草，常给小黑鲮品尝。小黑鲮微笑着不吃不说话。渐渐地，鱼群中发生了一些怪事，不断有小鱼不见踪影。红鲤鱼长老组织搜救。小红鲤与小黑鲮结伴而出。它们一前一后慢慢向大海深处游去。小红鲤每到一处都要选一些新鲜的水草尝一尝，欢快地大吃。小黑鲮一口不吃，脸色越来越苍白。越往前进，它们遇到的肥美水草越来越多，鱼群身形越来越大。小黑鲮放慢了速度，渐渐地落在了小红鲤的身后。它犹豫了很久。突然，它加快速度追上去，一口吞掉了小伙伴。小黑鲮孤独地游向暗无边际的深海，眼里带着几滴泪。它一边游一边安慰自己："我天生就是一条吃鱼的鱼啊。"突然，一道闪电袭来，小黑鲮被击中沉入海底，它仿佛听到一丝若有若无的声音："其实如果你跟我说，我也是愿意的。"

女人心里都有一尾小红鲤，也有一条小黑鲮，它们同时存在。朱莉娅既不是红玫瑰，也不是白玫瑰，她是小王子的玫瑰，是独一无二的存在。千万不要招惹她，她笑靥如花，也杀人如麻。

别闹了，天才

《Surely，You're joking，Mr. Feynman！》从美国寄来的时候我正面临书荒。海斌在一月前发了一条朋友圈，他是这么写的："据说读这本书笑不出声的得去看医生，所以我为自己的不时大笑很是宽心。看到天才们天马行空，我也放心地在地面行走。"海斌是我们这一届同学中的天才，成绩从未排名第二。天才仰视的天才是什么样的，我很好奇。在此之前我并不知道 Feynman 就是那个举世闻名的物理学家费曼。

收到书的第一件事是百度一下。下巴立刻掉了下来。我原文引述在此："理查德·菲利普斯·费曼（英文：Richard Phillips Feynman，1918 年 5 月 11 日—1988 年 2 月 15 日），美籍犹太裔物理学家，加州理工学院物理学教授，1965 年诺贝尔物理奖得主。"我有轻微强迫症，一本书一旦打开就要读完。这本书要不要打开就显得很纠结了，物理学家的书显然远远超出我的知识结构。此时，某个天才在大洋彼岸微笑地看着我，嗯，你要的，寄来了。虚荣战胜一切，我决定抱本字典把书读完。

字典其实用不上，不是我水平高，是天才太幽默。就像加州理工大学的 Albert R.Hibbs 在前言中所说，他最擅长的科学只是裙装，是背景素材。于是我忽略一些复杂的公式和阐述，捧着书不时爆发出扑哧扑哧的笑声。相信我，那些费曼擅长的玩意儿并不影响阅读。

费曼本可以成为一个顶尖的段子手、脱口秀艺人，但是他不干。他是犹太裔，基因决定了他随便学学就横跨斯坦福、康奈尔、加州理工，写论文写到手发软，拿奖拿到手发软。天才是什么？天才首先是勤奋，天才是我们学 5 小时的内容，他只需要 5 分钟，然后他不停歇地继续学完一整天，他在做他感兴趣的事。费曼的形象很像《生活大爆炸》里的谢尔顿，每个玩笑都有一点物理学、数学的背景。与谢尔顿不同的是，他讲的笑话是有意识有构思有包袱的，他的情商像智商一样顶尖。

这是一篇自传，是他人代为整理的口述自传，从费曼记事时开始说起。你能看到一个天才如何自带光芒行走在麻瓜的世界里。费曼几岁就开始帮酒店的工作人员修理无线电，大人们说，我知道你是个孩子，但是我需要你。他在自家的大房子里拖满电线，为的是可以在每个角落听到楼上的广播，他玩他的线圈，点着了垃圾桶里的废纸和杂志，弄得满屋子冒烟。

他拿生活中的一切开玩笑，甚至是诺贝尔奖。人们告诉他领奖时在国王面前只能后退不能转身，于是他故意跳上台阶，尽管这有些丢脸。获奖让他有名也让他不堪其扰，他无法像平常一样给感兴趣以及有水平的学生们开课，教室里挤满了想一睹诺贝尔奖获得者风采的人，他不得不被连续不断的电话吵醒，不得不去应付一个又一个采访。

关于颁奖典礼的嘉宾邀请他是这么说的，瑞典方面让我列出一些名单，他们再列出一些名单，看看彼此有没有重合之处，再决定如何邀请。于是我想了很久，选了8个人，我斜对门的邻居某某某，我的亲戚某某某，等到他们的名单拿来我傻了，他们列了300个人，有市长、当地名流、明星，显然我们不会有重合之处。他懂得用长长的铺垫来爆发笑点，经我翻译好像不那么好笑了，重点是他那个轻描淡写的语气，以及我笑点低。

他为自己写了小传，简单得不能再简单，几所院校、三任妻子均有提及，唯独没提诺贝尔奖。本书1997年第一次印刷，2018年第5次出版，长期位于畅销书榜首。相比而言，百度在他几千字的介绍中仅仅轻描淡写地列为个人传记之一，未免遗憾。

最后我想对我心目中的天才说：别闹了，天才！书已读完，虽然我笑了，我得承认只囫囵吞了个枣。

一张照片到底要表达些什么

一张照片到底要表达些什么？

鬼海弘雄避而不谈。

鬼海是一位出生于 1945 年的日本摄影家。他做过货车司机、造船厂工人、远洋渔船船夫、暗房工作人员等，快 40 岁开始摄影，拍形形色色的人。有的人一直在消磨，他们在黑暗中观察，不说话，看到的听到的都深深地融化在骨血里，等待有朝一日绽放成烟火。鬼海的摄影作品频频获奖，继而写文，写生命中的过客，并陆续在报刊上发表。《那些渐渐喜欢上人的日子》就是这样一本书。

原来散文可以这样写，并且写得这么好看。鬼海是摄影家，你以为他在看风景，用取景器画一个框，框住绿色的草原、南方吹来的风、摇曳着的松树林、种植着大银杏树的稻荷神社。你以为他在用文字写一幅心旷神怡的画。但他不是，他听见了微弱的声音，想到了一个人，那个人卑微又倔强地生活。他像一台移动照相机，眼睛就是他的取景框，他走在马路上，坐在地铁里，跑到田野上，隐在都市里。他在观察人，一路上遇到的每一个人。他在画面内外跳跃，那些人有的在画面中行走，有的在画面外观望，有些是他看到的，有些是他想到的，他一一记录下来。他把印度和浅草穿插开来，像小说的双线叙事，时而走近，时而拉远，时而浮光掠影，时而持续专注。

他的文章，标题和内容风马牛不相及，就像他的摄影作品。《喝醋的少女》讲述了有五个女儿的印度车夫和他欠了高利贷的同学胜利。《夜晚的雪》谈到他自己，以及和自己亲近的人。他不谈情，只絮絮叨叨地说一桩桩小事。同一地点举行的父母和长兄的葬礼、小时候居住过冰冷房间里的电热毯、三姐美术课上制作的刺绣、藏造爷爷嘴里散发出的龙角散味道。人们来来往往，最亲的人陆续走了，风咻咻地吹着电线，仿佛在追忆似水流年。

他就是那台老师送给他的照相机，他们早已合二为一。他透过相机观察，只有描述没有评价。他写沙漠村里的那个男子，娶了村里最美的姑娘为妻，明明是夫妻年纪差距却那么大。他写恒河边的苦行僧，遇到相机就一拥而上，伸手向游客讨取施舍作为当模特的报酬，他写骑车的老者，小腿上裹着一层薄薄的肌肉。

他的散文像浮世绘，是众生相。那些片段毫无联系，又似有所感，最大的共同点是有趣。一个人有趣，他的文章才有趣。人们想看的不仅仅是一本书或一篇文章，他们想看的是不一样的人生。鬼海很幸福，因为摄影，他与许多素昧平生的人相遇。他们从他的记忆中翻涌出来，轻描淡写地、不疾不徐地诉说，最后凝

固成一张张照片。而浅草附近的人也很幸福，他们可以在一个不
知名的摄影展上，亲切地看到一两个熟人，也许曾在某个小酒馆
中喝过两杯，也许曾在某个街道转角擦肩而过。

　　我喜欢他字里行间的温暖。他感到人活着很可怜，他手心冰
凉、脚趾刺痛，他看到老人清澈无垢的眼神，他想起被同性侵犯
的画面。然而一切都是淡淡的，像被风雪埋没的脚印，像玻璃上
浅白色的划痕。生活虽苦，我们还是要微笑啊。

　　鬼海说他持续在浅草拍摄人物肖像，是因为他一直抱有一个
疑问，那就是"人究竟是什么"。我想，那正是他想通过照片表达
的，虽然他并没有说。

善与恶是钱币的两面

金阁寺去了两回，第一次是 15 年春节，京都五大寺院只去了这所。金阁寺又名鹿苑寺，不大，每一个角落都站满游客。印象中走不了两步就能看见金阁，隔着镜子一样的湖面，像一幅画。耀眼的金色让人下意识地屏住呼吸，绝美。每一个人都忍不住拿出工具拍照，可是要拍一张人景合一的照片很难，自拍，互相拍，组合拍，神竿拍，林林总总。金阁静美，仿佛有一种无形的力量，让习惯吵嚷的国人感受到压力。每个人都安静地排队，排队拍照，排队取宣传资料，排队求签，排队购买纪念品。

第二次去京都之前读了三岛由纪夫的《金阁寺》，读了足足两周。三岛由纪夫擅长场景复原，文中多次从各种角度描写金阁，一年四季、白天黑夜。"金阁犹如夜空中的明月；金阁是黑黝黝巨大的纯金锚；金阁承载了欲飞的不死鸟；金阁像无益的高雅的日用器皿，寂然无声……"

所有对金阁的记忆排山倒海而来。我一直恐惧于自己的善忘，那次发现原来并没有忘，只是藏在记忆最深处，缺少一个关键的触发。故事取材于真实发生的事件，1950年金阁寺僧人林养贤一把火烧了金阁。据当时周围居民回忆，林养贤心理不健康，直到被抓捕时也不肯承认错误，因为他坚信金阁是不可置信的美。三岛由纪夫还原虚构了一个安静口吃的僧人无比宏大的内心世界。"我"是要做出一番大事业的，"我"身上背负了母亲的嘱托和梦想。"我"亲眼看见了母亲通奸的场面，从内心里看不起母亲，然而这是不可逃脱的宿命。"我"看到师傅手挽艺伎流连于祇园灯红酒绿的街巷。与"我"自然而然熟稔起来的柏木，教会我如何坦然面对自己的恶念，并加以运用获得诸多好处。"我"在多年后终于知道最好的朋友鹤川，在"我"心里一直认定为澄明纯净的鹤川，后来困惑重重地选择了自尽。

选择恶是如此快活而简单。纵使我们受到教育，读了那么多书，恶有如种子，深埋于心底。"金阁的美是一种实体，是这样一种伸手可及、举目可望的物体"，金阁如同有为子一样是"我"心目中绝美的代表，同时也是善良的边界。对"我"来说，金阁是道德枷锁。人性本恶，当发自内心的愿念喷薄而出时，金阁随之而来，是警示也是告诫。

"我"一直挣扎于善念的边界，最终发现原来没有什么边界。得不到美就一把火毁掉。母亲寄期望于"我"能干出一番大事业，成为金阁寺下一任的主持，"我"未能如愿以偿。可是什么才是大事业呢？最终"我"在金阁寺的历史上留下浓墨重彩的一笔。无论以何种方式，都是终结。

再次去到金阁寺正值深秋，天空泛着奇异的蓝，金阁安静地矗立在不远处，镜湖中的倒影呈现出完美对称，正如善与恶是钱币的两面。我想美终究是有标准的，正如同善是有底线的一样。

数千古风流人物

几乎每一个中国人都会在不同的境遇里与他相遇。他是一位交流干部，穷尽了中国官场的一切可能。他是斜杠士大夫，是散文家、书法家、工程师、美食家。他是假道学的反对派，是瑜伽术的修炼者。他生性诙谐，他乐观悲悯，他是一个有趣又善良的人。历史长河繁星闪耀，他俨然是最亮的那一颗。

金秋十月，"千古风流人物"苏轼主题展在故宫博物院文华殿展出，每个角落都人头攒动。安检排队、换票排队、进门排队，等我好不容易挤进展厅，仍然是里三层外三层的人流。亦步亦趋地挪完观展路线，惊叹之余我不免感慨，要千古流芳，原来有方法可循。

拥有顶级朋友圈

独木不成林，一个人优秀，才能凝聚一群优秀的朋友。在烽火狼烟的古代，人的活动范围有限，传播渠道单一，反过来说，只有一个人的朋友圈优秀，他才有优秀的可能。否则再多的英雄事迹都会淹没在历史的尘埃里。

本次大展的第一幅图就是苏轼的朋友圈，也可以说是展品的作者团队们。对于宋代，黄仁宇先生曾在《中国大历史》一书中做过这样的描述："公元960年宋代兴起，中国好像进入了现代，一种物质文化由此展开。"那是大家迭出的年代，欧阳修、黄庭坚、米芾、秦观、王安石，个个都是赫赫有名之人。那真是最好的年代，拥有最好的书法家，画家，散文家和诗人。也就是说，苏轼的朋友圈都是文化圣贤。更关键的是，他们的作品都流传下来，他们写的、画的都是苏轼，是对苏轼其人图文并茂的立体展示。朋友圈的质量决定了盛名在什么范围传播。

官方认证必不可少

学而优则仕，当官是读书人的唯一出路。东坡先生是达观的代表，但即便如此，"未老身先退"也是因为政见不同而退。官做不下去了才心向自由，归隐山林。李白如此，杜甫如此，白居易、陶渊明皆如此。

官员的诗具备在一定范围内广泛传播的条件，平民的诗即便能够流传下去，大多也是佚名。历代皇家热衷于修史，有幸被提及的多数还是官员。在史书中占有一席之地是许多官员的终极梦想，也是流芳百世的必由之路。

史书记载苏轼身长八尺三寸有余，这是基本描述。更重要的是苏轼流传下来的奏议，比文学作品保存的更为系统。在《苏轼文集》中，《奏议集》是一个确定的文类。特别是元祐年间，苏轼作为"元祐大臣"发表政见，数量超过一百五十篇。欧阳修曾对老友梅尧臣说："读苏轼书，不觉汗出，快哉！老夫当避路，放他出一头地也。"这就是"出人头地"成语的出处。所谓盖棺定论，莫过于史书、老师的官方认证。

帖、赋、吟就是那个年代的 Facebook

公元 1082 年，被称为"天下行书第三"的《寒食帖》在黄州出炉。"天下行书第一"是王羲之的《兰亭集序》，写于东晋永和九年（公元 353 年）。四百年后，唐乾元元年（公元 758 年），颜真卿写下"天下行书第二"《祭侄文稿》。苏轼的《寒食帖》被认为是宋人美学的最佳范例。"自我来黄州，已过三寒食，年年欲惜春，春去不容惜……"这幅字是苏轼在黄州完成的，记录了他在黄州的行迹与艰辛。没有必要把苏东坡的那段耕作生涯过于美化，对于东坡本人来说，那不是风花雪月，那是挣扎求存。他实行"计划经济"，月初将钱一份份地挂在房梁上，每天用叉子挑一份下来，然后藏起叉子，绝不再取。他是孤独寂寞的。"谁见幽人独往来，缥缈孤鸿影。"写出来的总是美好，谁都是打落牙齿和血吞。Facebook 里的去年今日往往都是岁月静好。记录加想象，帖、赋、吟勾描出静好背后的样子。

一帆风顺不足以谈人生

如果没有乌台诗案苏轼还会天下扬名吗？很难说。

王安石执政期间，把苏轼抓起来，关到御史台，审问其诗歌为何讥讽朝政，前后延续数月，牵连到官员数十名，成为轰动朝野的一桩大案。从传播媒体的角度说，印刷出版在北宋提前出现了，这使得宋代开始有了真正意义上的舆论。苏轼的文人身份让舆论发酵，出版业则让非议者的声音插上了翅膀。

许多年过去以后，苏轼的政敌和朋友刘安世回忆说："东坡何罪？独以名太高，与朝廷争胜耳。"与当权者争胜固然非明智之举，由神宗亲自主持的惩罚，却让朋友圈议论纷纷，由此流传出更多佳作。苏辙写《为兄轼下狱上书》为兄长辩护，前辈张方平写诗讽喻皇上欲加之罪何患无辞。这些作品流传下来让苏轼更加声名大噪。

生活虐我千百遍，我待生活如初恋，要相信一切都会是最好的安排。跌宕的人生让文学大家的创作基础更为厚重，也让万千后来者引起共鸣。美好的记忆转瞬即逝，惨痛的经历才铭记于心，难以释怀。

有趣的灵魂万里挑一

东坡先生说："处贫贱易，处富贵难。安劳苦易，安闲散难。忍痛易，忍痒难。人能安闲散，耐富贵，忍痒，真有道之士也。"有多少人能做到呢？那是终极理想。

人是多维的，也是分裂的。心向自由是熵增，环境约束是熵减，美好表现为平衡。箪瓢自乐的人生态度并不意味着对政治的漠然，积极入世的人自有其人生乐趣。

苏东坡有多爱小动物？顿顿都有。吃羊肉，他写《老饕赋》："尝项上之一脔，嚼霜前之两螯；烂樱珠之煎蜜，滃杏酪之蒸羔；蛤半熟而含酒，蟹微生而带糟，盖聚物之夭美，以养吾之老饕。"吃生蚝，他写信叮嘱三儿子苏过："无令中朝士大夫知，恐争谋南徙，以分此味！"吃猪肉，他写："黄州好猪肉，价贱如泥土。富者不肯吃，贫者不解煮。"经他料理的肉才是东坡肉，他赋予猪肉灵魂，自此，杭州大小饭店日日排队只为东坡肉。他盖房、种树，每到一处就精心打造景观楼、景观路，他细腻、感性、热爱生活，更重要的是他有趣，让生活有滋有味，让文字活色生香。

升斗小民的庖丁解牛

　　马伯庸的《显微镜下的大明》放在书店的显眼位置，首先吸引我的是题目，历史往往由名人铸就，写普通人的故事少之又少，想必有什么特别之处吧。我甚少读国内的年轻作家，尤其是影视剧作者的作品，不得不说这是一种偏见。经验主义让我们信奉长者、专家、前辈，但显然，年轻人的才华超越了想象。

　　确切地说这是一本用生动有趣的现代语言写就的翻译作品。故事是现成的，来自于堆埋已久的历史档案之中。马伯庸将《丝绢全书》《后湖志》《保龙全书》《徽州府志》等地方档案进行了另类解析，用讲故事的方式娓娓道来。他着眼于小人物，设身处地地假想当朝当事者的个人诉求、地方官吏的政治智慧和微妙的官场均衡之术，从升斗小民的视角，为整个大明王朝的政治经济体制庖丁解牛，每个故事各有侧重，拼凑起来，管中窥豹可见全景。

　　来说两个我觉得比较有意思，也是篇幅较长的故事。

统计的玄学

《都是学霸惹的祸》讲的是徽州丝绢案，听说即将搬上荧幕。

故事的主人翁是一个叫帅嘉谟的学霸，他仕途表现一般，但擅长算术，是个数学天才。一个偶然的机会他接触到地方官府的账册，便潜心研究起来。凭着对数字的高度敏感，他很快发现了一个问题，徽州府每年向南京府缴纳的税粮中，除了正税之外，还有一笔科目叫"人丁丝绢"，并且这个数字只有歙县的账簿上有记录，数字等同于徽州府上缴南京府的总数目。也就是说整个徽州府的税支是歙县独自承担的。再往上查，官方发布的统计汇编《大明会典》中只记录到徽州府承担"人丁丝绢"而已。帅嘉谟做事细致审慎，他不放心又去查《徽州府志》，发现古早时期歙县有一笔"补欠夏税"，貌似与"人丁丝绢"毫无关系，但夏麦折成银两的数字与丝绢折成银两的数字分毫不差。歙县并不养蚕，也就是说老百姓需要把粮食卖成银子再去买生丝纳税，周转两次，负担更重。这是多么大的不公平，然而已既成事实两百年，老百姓并不知情也毫无怨言。帅嘉谟发现了这个漏洞以后执言上书。这位学霸列举了大量的事实证据，并将数字做了归纳统计，呈文后提交给当时的应天府巡按御史。按照他的统计，歙县一县所缴的丝绢数目比浙江、湖广两司都高，该有多么惨。但换个角度看，这是个统计学上的玄学。大明税制极其复杂，不是统收统解，一个地方往往要向数处缴税，浙江、湖广除了要上缴南京府以外，还要应付太仓银库、丙字库等，总额远超歙县，公布的数字是否据实也不可考。歙县负担很重不假，但不至于这么惨绝人寰。

存在即合理，存在了两百年的税务分割必然有顽疾禁锢，帅嘉谟的均平请求自然阻力重重。但他紧扣当时推行的"一条鞭法"，和官府的推行做法挂上了钩。此外，他遇到了应天巡抚海瑞，没错就是那个著名的清官海瑞。然而升斗小民的命运往往就是随波逐流，正当徽州知府接到上级命令准备召集六县商讨的紧要关头，海瑞调职了。事情自然是暂缓，帅嘉谟的提议有利于一县，却触动了其他五县的利益集团。要知道，明朝徽州府有大量官员在朝中任职，他们彼此又热衷于联姻，早已形成盘根错节的关系网络，六县纷争，动辄牵扯出政坛上的大人物出面，别说徽州府，应天府，连两院也不得不顾虑。从徽州府的立场来看，谁缴多少关系不大，能交差不吵闹就行。官员们一任接一任地换，问题却像接力棒一样原封不动地交传下去。官员们是文科生，他们的思维是数字不重要，稳定是重点。而帅嘉谟是理科生，他总以为申述的还不够明白，一遍又一遍反复计算阐述。帅嘉谟一路查下去，一直查到黄册。古人在数据方面一点也不含糊。庞大的账册各类数据分门别类，令人眼花缭乱。但从中央到地方，再到县里，数据混乱庞杂，再加上银两的汇率浮动，本就是个公说公有理婆说婆有理的事。大明王朝正税不多，杂税和隐形税却无比繁重，解到库的税额有限，途中的扛解、火耗、补平、内府铺垫不胜枚举，都是老百姓要承担的税负，换而言之，中间环节的舞弊空间巨大。朝廷收入不见增加，老百姓交的钱在中间环节消耗殆尽，最后的结果就是调控失灵，天下大乱。这个故事的结局想都想得到，歙县赋税略减三成，帅嘉谟被判戍边。后来的官员只字不提翻案之事，只留下一笔"乃若丝绢均平，处分久定，臣不敢复置一喙"，此事不了了之，唯留翔实诉状供后人研究。

户籍的起源

《天下透明》写的居然是玄武湖。作为一个南京人，我很惭愧，我才知道玄武湖曾是天下第一档案馆。我们吐槽了很多年玄武湖没有西湖环境友好，是因为沿湖一圈有高高的围墙，原来这一圈是皇家档案馆的围墙。《天下透明》不着眼于人物，主要讲述了后湖黄册库的前世今生。

老子说："治大国若烹小鲜。"那么怎么治呢？得有抓手。朱元璋不仅是鲁莽勇武的开国皇帝，他也是个心思缜密的治国奇才。事实上，随着社会生产力的发展，历朝历代的基本运作规则总结起来只有八个字：收税有据，束民有方。皇帝要做的第一件事，是统计天下，修造版籍。从洪武十四年至弘光元年，后湖黄册库一共存在了二百六十四年，每十年大修一次，朱元璋开启了全员统计的先河。

建户籍这事吧，说难不难，说易不易，总有章法可循。元代户籍十分奇葩，有按职业分的，军户、民户等等，有按贡赋内容分的，如姜户、葡萄户等，还有按宗教信仰分的，如此种种不一而足。朱元璋推行"不分户种"，按自愿原则，根据最终选择的所在地授田登记。修订黄册的目标就是将安定下来的全国人口登记造册，让他们处于官府的管理之下。自宋末至元末一百多年，这是官府第一次如此清晰地了解天下人口状况。黄册库的重要性不言而喻。

　　然而谁来修黄册呢？当年的后湖不是今天的玄武湖，被围墙困住的湖中栖息地潮湿昏暗，住宿条件奇差。普通人吃不了这个苦，也当不起保密的重任。朱元璋选拔了一大批官员预备生——国子监生。冲着虚无缥缈的提拔，他们自然是吃得苦中苦。年复一年，黄册旧档不得销毁，新档源源不绝，工作量越来越大，这些监生们没有收入，提拔无望，病魔缠身，实在是怨气很重，很多人不惜放弃前程逃回家去。

　　为了解决这个问题，有人想出办法来，将监生们在黄册中挑出的错折算成银两摊派到各地政府，形成了一个简单的 KPI 考核机制。监生们的薪酬有了保障，生活条件得到改善。那么问题总该解决了吧，并非如此。KPI 的弊端慢慢显露出来，为了创造收入，监生们疯狂挑错，弄得地方不堪其扰，上有政策下有对策，各种作弊手段盛行，有偷出档案私自修改的，有打点贿赂各个环节的，基本上你能想到的方法古人都有采纳。黄册的真实性逐年下滑，到了最后，在官府要求打开黄册库考据时，当时的负责人居然回复，一旦打开，百姓就知道我们都是瞎编的，恐怕声誉受损，从此失去了威信，于是也只好不了了之。

　　黄册的终结者是张居正，他雷厉风行推行"一条鞭法"，开发了更符合实际更具实用性的"条鞭赋役册"，后湖黄册库便开始名存实亡。弘光元年，南京城落入清军之手，黄册库和它忠心侍奉的政权一起灭亡了。在这个王朝的统治下，令人难以置信的是，几乎每一个人，后湖黄册库都记得，玄武湖是大明王朝保留下来的最后记忆。

路远迢迢我不去

半年前的一个朋友聚会，每个人都在推荐余华的新著《文城》。大家都说好总归是好的，我动心起念，立刻加入当当购物车，下单的瞬间，又顺手买了本《活着》，反正包邮嘛。

这两本书一直放在家里的餐边柜上，走过来看见，走过去看见，成了沉重的心理负担。余华的书我还是第一次读。阅读顺序是个难题，先读名作还是新著？想来想去选了《活着》。我对一本好书的定义是，让你有读下去的欲望，有 2～3 个令人感动的场景，合上书大致能想起来讲了些什么。没想到，两本读完，余华全部满足。

作为一个普通人，福贵的人生很悲惨，但就文学作品而言，福贵的故事并不是很特殊。对比一些国外文学作品，《活着》嵌入了很多熟悉的场景，比如海明威的《老人与海》，比如米哈依尔·肖洛霍夫的《一个人的遭遇》。正如余华自己所说，《活着》

的写作灵感来自美国民歌《老黑奴》，老黑奴经历了一生的苦难，家人都先他而去，而他依然友好地对待这个世界，没有一句抱怨。《活着》的成功不仅来自于余华对文字和故事的驾驭，更重要的是他书写了那个特殊的年代。他告诉人们，人是为活着本身而活着，而不是为了活着之外的任何事物所活着。

福贵的故事荒诞又悲惨。所谓富不过三代，福贵正是个富三代。年轻的时候他不知油盐为何物，全部的生活就是嫖和赌。在一场豪赌中，他输光了祖上的全部家产，活活把他爹气死了。老丈人敲锣打鼓接回了女儿家珍和外孙有庆，把外孙女凤霞留给了他。日子苦若黄连，但家珍心中有爱，她带着有庆逃了回来，一家终于团聚。很快老娘得了重病，福贵去城里找医生却碰上国民党征兵，稀里糊涂上了前线，几年后被解放军放了回来。福贵再回到家里，老娘死了，凤霞又聋又哑，有庆也差点认不得他。再次团圆让福贵格外珍惜，他拼命干活去养活一家人，把全部的希望寄托在供有庆读书上。土改让福贵庆幸，当年豪赌收了他家房产的龙二死了。队里开始号召吃大锅饭，政策一天天在变。为了给县长的老婆输血，有庆失血过量死了，家珍也得了软骨病。很快，大锅饭改成计工分，福贵和凤霞日夜操劳，日子却过得有上顿没下顿。再悲惨的日子总有一道光，这道光微弱而惨淡，却足以支撑着福贵往前走，他给凤霞找到一门好亲事，二喜虽然偏头却很能干，对凤霞也特别好。可是凤霞因为生苦根难产又死了，家珍受不了连续的打击也死了。二喜成了与福贵相依为命的人，他们一起照顾孩子苦根，生活也算有个盼头。命运就是如此滑稽，它关上一扇门，又继续关上一扇又一扇的窗。二喜在工地被水泥板夹死了，苦根也在饥荒之年吃豆子撑死了。而福贵呢，去买了一头老牛，取名叫福贵，日子继续往下过。

有些人活着，就仅仅是活着。余华是这么说的："在旁人眼中福贵的一生是苦熬的一生；可是对于福贵自己，我相信他更多地感受到了幸福。伟大的贺拉斯警告我们，人的幸福要等到最后，在他生前和葬礼前，无人有权说他幸福。"

等《活着》读完，负担没减轻，心情更沉重，那些生活窘迫的人，对未来满心期待，可是每个期待都落空，日子就这么一天又一天重复着。对于生活中的种种磨难，他们坦然接受，可上天未必厚待，有因未必有果，只是活着。活着的人总有希冀，不抛弃也没必要放弃，我们大多数人不正如此？

翻开《文城》已是秋天，期间工作忙碌颈椎病发作，疼痛难忍。我捧着读、举着读，不停地变换姿势，一本书断断续续读了一个月。余华采用双线叙事，同一个故事，从男女主角的不同视角去写，前半部写林祥福。林祥福是地主家的孩子，却有一双劳动的双手。他是勤奋的、耐劳的，也是腼腆的、善良的。在兵荒马乱的年代里，小美闯入了他的生活，他甚至不问清她的来历就接纳了美丽的她，甜蜜温暖的日子让他沉醉也让他着迷，她走了又回，他一次次原谅。直到她彻底离开，他带着女儿去她口中不存在的文城寻妻。前半部是属于男性的故事，林祥福遇到了恩人和好友陈永良，又遇到了有情有义的顾益民。在男人的世界里他们组建民团，营救乡亲，打击土匪。战乱年代，讲的是义气，每个男人都是悲剧，他们或许沉默寡言却有情有义。林祥福为了救赎顾益民和孩子们死了，死却远远不是结局。

后半部分是女性视角，写的是小美。小美叫纪小美，在林祥福的生活里是一个神秘的存在。林祥福的一生都在寻找小美，他心心念念的小美却是别人的妻。每一个神秘说穿了都很不堪，都是命运的安排。小美出身贫寒，父母选择了三个哥哥，把她送入镇上有钱人家做童养媳，从小生长在以婆婆为中心的家庭里，让她循规蹈矩、勤俭持家。婆婆塑造了不苟言笑的她，却扑灭不了她心中的火焰。她善良，爱美，向往新奇的生活，她是矛盾的统一体。她和以兄妹相称的丈夫误打误撞闯入了林祥福的生活，生了女儿后悄然离开。一个原本不堪的故事被余华写得长情，每个人都有自己的不得已。

林祥福没能找到小美，尽管他们在同一个镇上共同生活了很多年。小美冻死在他眼皮底下，他却擦肩而过。多年以后，他的棺材被同乡抬回，尸首却滚落在小美的墓碑旁。余华精心设计了他们的重逢，构造了一个唯美却悲伤的爱情故事。年轻时总以为，人间最美的是相遇。后来才明白，其实最难得的是重逢。能遇见谁，会失去谁，皆有定数。得到的都是侥幸，失去的才是人生。

人的一生其实没有多少选择，大部分人都在时代的洪流中被裹挟着向前走，你生于哪个年代，就不可避免地被打上烙印，因此，记录当下是有意义的事。无论想与不想，我们都得活着，在时间的长河中随波逐流。余华在麦田新版的自序中说："生活是属于每个人自己的感受，不属于任何别人的看法。"昨天刷"小红书"的时候，正好刷到一段视频，大致是讲一个在北欧生活的中国人，感慨那些从小就生活在那里的人是有多么幸运。因为移民严格控制，他们从小生活在青山绿水中，他们拒绝加班，每天早早地回家和家人待在一起。职业女性可以毫无顾虑地怀孕生子，然后重新就业，因为工作总在那里等着有才能有需要的人，无须内卷，无须争抢。这是另一种活着。人们羡慕生于食物链顶端的人，可身处其中的人，早已习以为常，未必觉得自己有多幸运。

幸福感无法定义，我们无法给幸福感设计出一套公式来，用什么除以什么，再用数字去对比。因此，谁也不比谁更幸福。比较毫无意义，重要的是过程。就像生活在苦难中的福贵，当每一个亲人离他远去，他伤心欲绝。但是，他仍然活着，在田埂上唱歌："皇帝招我做女婿，路远迢迢我不去。"

天地之大德日生

有时间的话，请一定读一读《有生》。它确实很厚，厚到很难有耐心读完，可是我相信，一旦打开，就会手不释卷地读下去。这是我近年来所读最厚的一本书，56万字。最近手头事尤其忙且杂，《有生》占据了我全部的碎片时间，历时一个月读完。读罢掩卷，感慨良多。我们对国内文学知之甚少，学校、专家提倡读经典，于是我们去读国外文学、读名家经典、读公众号推荐，与此同时，很多作家、大作家在孜孜不倦地写，他们或知名，或不知名，日复一日，在时代洪流中笔耕不辍，作品却堆积在书店的角落，等待有缘人随手捡拾。

《有生》讲述了一个特别简单的故事，接生婆乔大梅，用几天时间回顾自己的一生。在生命之烛即将燃尽的时刻，她用回忆穿透时空，用心去触摸自己生命中每一个重要的人。那些亲人们，来来走走，成为记忆中闪光的碎片，她小心地把他们一片片拼接起来，成就百年。

老子说："天地万物生于有，有生于无。"世事烦扰，但我始终相信道法和良善是存在的，纯朴、无私、执着、淡泊，这就是我心目中的乔大梅，她执着地坚持一个信念，那就是接生，赋予生命希望。她的一生见证着新中国从无到有，战乱、饥荒、斗争她统统经历过，然而她却不以为苦。她被强暴，被欺骗，被指责，被批斗，她却顺应忍耐。对抗痛苦她有法宝，她发现一旦把灵魂和身体分开，对于现实的忍耐，就会变得容易一些。她常常夜半出门，跋山涉水，走几十里地去接生，所得甚至只是几口干粮。生活的苦是常人难以想象的苦，但那种苦，同时也是那个时代的苦，是宋庄百姓的日常生活。她接生了几万人，这些人的生命因她而起，她又看着他们一个个终结。她心里有光，一个人心里有光，那光就会指引她，不分昼夜，无论春夏。

《有生》的精妙在于结构，胡学文借用他人之口拼凑出一幅宋庄的全景图。乔大梅活成了祖奶，成了神。她不能言，却能听，人们纷纷找她倾诉，求她庇佑。她什么也做不了，却听熟了一个又一个的故事，他们从不同角度对她说，在她的脑海里拼凑完整。胡学文善于设置悬念，他让每个倾诉都戛然而止，让你有继续读下去的冲动。重要的人物不过是4、5个，像极了我们的人生，那些你在意的和在意你的人，不过寥寥而已。胡学文重点刻画了这寥寥几人，他们的一举一动，像蝴蝶效应，牵动了整个宋庄，成为大半个中国的缩影。这故事里的每个人都是悲情人物，他们贯穿百年，活得热烈，他们相爱、相杀、奋斗、挣扎、嫉妒、背叛、繁衍，最后都难逃一死。

我羡慕祖奶通透，她劝自己的女儿李桃："人生在世，大灾大难都不能避免，受点委屈算什么呢。你认为是短，那就是短，你想开，那就没什么。人各有短，只是你不知道别人的。"自始至终，祖奶都是坚定的、静谧的、淡然的，唯有结尾显出端倪。死神对祖奶说："生还是死，都由自己决定。比如你好几次想要寻死，我匆匆赶来，但都落空了。"这样的设定深得我心，人人都是事后诸葛亮，唯有当局者迷。再通透的人，也是人，人性才是本能，祖奶尚且有过死的念头。马尔克斯说，人不是该死的时候死的，而是能死的时候死的。祖奶的百年是孤独的，可是谁不孤独呢？

宋庄就是《佩德罗·巴拉莫》里无人的村庄，那些欲望、悲伤与生死，宋庄人曾经遇到，而我们今天仍要面对。祖奶说，声音是有颜色的，自然也有形状，我看得到。如果说这是异禀，不如说是上苍对一个卧床十多年的百岁老者的恩赐。祖奶不是神，她的故事，以及她听到的故事不过是沧海一粟。天地之大德曰生，历史总是不断地重复。

据说，《有生》的书名来自于天演论中的"此万物莫不然，而于有生之类为尤著"。或许，在胡学文看来，物竞天择是天道，努力不过是求得心安，命运才是唯一法门。

大城北京

或许有一天，基于零碎的认识，人们认为那是一种生活方式。那种方式属于整个世界，千年万代。它是成熟的、异教的、欢乐的、强大的，预示着对所有价值的重新估价——是出自人类灵魂的一种独特创造。

——林语堂

有天晚上我的一个微信群突然沸腾了，起因是一位小兄弟考上了北京的公务员，马上要赴京工作。大家纷纷向他表达祝贺，为远大理想和光明前程发了不少红包。我默默地潜水，脑海里浮现出的是清河。

有段时间我在清河培训，天长水远地从北京南站倒地铁，途经回龙观。我心想这地儿有点像南化厂区啊，出了地铁就看到黄包车。一个女人独自出门，还是找辆出租车比较好吧，我麻溜地放好行李，坐进后座往窗外观望。下午 4 点钟光景，学校开始放学了，许多人手上提着菜匆匆忙忙去接孩子，大概是提前溜班吧。我忍不住想，他们住在这里，在附近上班，跟南化厂区又有什么区别？

清河培训中心内部条件很好，院门外则略显荒凉，斜对面有个综合体，商铺还不太齐全，像县城里的购物中心。走出一里地是一座科技城，道路横平竖直，有的房子亮灯了，有的楼盘还在建。我打开导航，一路小跑，跑到最近的星巴克，大约二十分钟。星巴克里的人们西装革履，他们说英文，谈代码，用苹果电脑码字，不经意间用跳跃的地名"凡尔赛"海外经历。我仓促地服下两个 short（小杯），继续小跑奔回宿舍，去寻找我的暖气。嗯。刚刚好，有氧 40 分钟。

马可波罗曾经这样描述一英里外的大都新城："你应该知道，'汗八里'城的城墙内外有众多的房屋，聚居着大量的人口，其居住的密集达到空前的程度。……街道如此笔直宽阔，以至于可以一眼望到头，从这个门望到另一个门。城里遍布美丽的殿堂，有许多精美的馆舍和精心营造的房子。"

广义地说，清河其实不算远，亲眼所见的远还有北七家，青山碧水，空气新鲜。其实北七家也不算远，据说还有通州，那里的房子同样供不应求。人们每天穿城而过，来来往往，这座城市的大已经远远超出了林语堂的想象。林语堂说，在北京，人们既得享碧蓝的天空，又不得不吸食尘土。无风三寸土，雨天满地泥。

即便如此，总有许多人为了梦想奔赴前行。我的另一位朋友，已经北漂有些年头，他一边吐槽房价高昂，一边咬着牙卖掉了南京的四室一厅，携老扶幼挤进了北京的两居室。每个周末往返宁京两地，让他犹豫纠结了很多年。期间一直对我抱怨伙食太糙、暖气太燥，朝六出门、晚十归巢。最终，他还是决定举家北迁。人们的梦想到底会照进怎样的现实？又到底能忍耐怎样的现实？这座大城市有无上魅力。

林语堂写道，对于北京的一般参观者来说，北京代表了中国的一切——泱泱大国的行政中心，能够追溯到大约四千五百年前的伟大文化精髓，世界上最源远流长、完整无缺的历史传统的顶峰，是东方辉煌文明栩栩如生的象征。

今年某论坛采用数字直播。这个论坛，我连续参加了三年。这三年是风云际会的三年，几乎每到此时都风雨欲来。人们从四面八方而来，安静地坐在角落，语言的锋芒在明亮的讲台上交错，思想的火花在昏暗的舞台下闪烁。类似的论坛还有很多，许多系统内的工作任务层层分解，没有人关心坐在观众席角落里的人从哪里来，在做什么，就像这座大城市里来来往往的许多人。

我就是林语堂笔下的一般参观者，这几年往返北京不下 30 次，每次来去匆匆，所到之处都是浮光掠影。我印象中的北京不仅是蓝天白云下的天安门和碧波倒映的白塔，还有那些擦肩而过的人们。那位在景山公园里玩抖翁的大爷，那个在天坛公园里跳广场舞的阿姨，那位北海九龙壁前免费讲解的老伯伯，那个公交车上跌跌撞撞替我报站名的小朋友。

林语堂集多方视角于一体，试图用《大城北京》描绘出一幅北京图景，正是那个年代的北京。无论历史如何变迁，那些美景凝固在时光里、刻画在文字里。朱丽叶·布莱顿用优美的文笔描述了北海的美："分析北海这块被遗忘的角落的迷人之处……是不可能的。它是我们眼中的色彩，倒映湖中的柳影，是灰色的石堤，如同湖岸扭动的巨龙。"

"人性曾变过吗？北京人的爱、痛苦经历和无限的耐心从未改变。"蒙古人的荣耀，满人的权力，都已成为历史。而新的历史正在书写。马克·波罗在很久以前曾对北京人做过这样的描述，"他们的谈吐谦恭有礼，互相间的问候也是礼貌周到、笑容可掬，看起来具有很好的教养。"我接触的多是新北京人，他们从全国各地移居至此，同样亲切有礼、坚毅隐忍。我敬佩那些为了理想不顾一切的人们，就像我们的父辈们，他们背井离乡，像大雁南迁，放弃一些习以为常的，得到一些心之所向的。谁也不知道未来会是怎样，但是生活便是如此吧，每个人都有权孜孜以求，去寻找属于自己的幸福。

各美其美，美美与共。每个年龄都有重新开始的可能。谨以此文献给一位即将北迁的友人。

当时风云起　风雅如是说

> 　　片片梨花轻着露，舞尽阳春姿势。无情总被多情戏，好花谁为主，常作簪花计。
>
> 　　人间我少闭门闭，门前落花堆砌。隔窗花影空摇曳，近来伤心事，摧得纤腰细。
>
> 　　　　　　　　　　——《停车暂借问》

　　读《停车暂借问》的时候，我在读大学。暑假里的宿舍寂静无人，我一个人躺在床上，微风电扇在蚊帐里旋转，发出微弱的电流声。宿舍同学去教室上自习，我没什么事，也不想回家，一个人在蚊帐里没日没夜地读小说，哭得稀里哗啦。

　　爽然说：每个人都有过快乐的日子，属于他和宁静的，已经完结了。那时的我便认定，幸福就是这样，一段段倏忽而至，来了又走。那些花儿，就好像宁静与千重的分手，一旦消失便消失了。日子一天天滑过，单调无事，好像院墙外的行人，一步花落，一步花开，踢踏走过。写这本书的时候钟晓阳只有 17 岁，却写了一个发生在遥远北方的爱情故事，失之交臂、求而不得，苍凉而落寞。有些人就是这样，年纪轻轻便悲天悯人，他们写出来的故事仿佛经历了一生。

读葛亮的《北鸢》也有同样感受，他们都以民国时期的北方为背景，向《红楼梦》致敬。刚开始，我以为《北鸢》写的也是一个爱上不可能的人，与子偕老的又是另一类人的故事。好似贾宝玉爱上林黛玉，却与薛宝钗成婚，赵宁静爱上林爽然却嫁给了熊应生。

读下去以后，我发现不仅如此。《北鸢》叙事宏大，如葛亮自己在自序中所说，这本小说关乎民国，收束于 20 世纪中叶。他写情，却不止步于情。人人皆有情，在大时代中的跌宕中，没有人可以独善其身。读《停车暂借问》时，我不理解。宁静与爽然一次次错过，我的心像一张白纸，撰成团，又展开，不断反复。明明是一对痴儿女，非得拆散开。那时的我不明白，为什么他们不能把心窝子掏出来，子丑寅卯说个清楚。人到中年才明白，有些事急不得，说不得。正如宁静所说，没有他，她照样过了，思念是另一回事。

《北鸢》就是这样一个不疾不徐的故事。头两页是楔子。文笙和仁桢去店里取了风筝，赶去夏场放飞。老两口有一搭没一搭地聊着。那只鸢是水彩中的留白，是围棋中的眼。之后很大的篇幅里，文笙和仁桢不再是重点，葛亮写他们的父辈、兄弟、朋友，一个个人物频频亮相，每个人都浓墨重彩、个性鲜明。你明明知道这是文笙和仁桢的故事，他就是不说，他让他们在戏院包厢惊鸿一瞥。他沉得住气，缓缓道来，写人之余写工法技艺。他写画，写工笔花鸟、万壑松风，"勾、皴、染、点"无所不用；他写戏，石玉璞听梅先生的《贵妃醉酒》，叶伊莎弹《Jesus saved the world》(《耶稣拯救世界》)，言秋凰唱《思凡》；他写字，昭如让文笙临《郑文公碑》，希望他笔走由心，更坚强些；他写文玩，写宫里流出来的那些物件儿；他写鸢，南鹞北鸢，龙宝说画鸢的门道是"繁而不烦艳而不厌"；他写寓公，那些人无所事事又心有戚戚。我觉得他的心里住着一个苍凉的老人，活在那个年代里迟迟不肯出来。

我不想剧透文笙和仁桢的故事，单说两个细节。言秋凰在十条巷的巷口遇到仁桢，香气丰熟温暖，她款款地走过来，对着仁桢柔和地笑，露出整齐的牙齿。桃李不言，下自成蹊。"他们都叫我言小姐。"这是一个戏子光彩照人的出场，也是一个情人落落大方的做派。这样一个风头无两的人物是活在大家口中的，每个人对她都有意味深长的诠释。她与师傅同台对搿，让流言一语成谶，最后不得不避走襄城。她落魄了，与仁桢的父亲惺惺相惜，我以为这已经是正剧的全部，万万没想到只是伏笔。读到最后才知道，他们相识于沪上。冯明焕没有负她，是她选择了自由，一个戏子哪有不唱戏的道理。最终，她选择了死，成全女儿的情。

再一处是鸢，风筝是小文笙挚爱的玩具，他懂得辨风向，拉线收绳，很轻松就能将风筝放得很高。书名是北鸢，鸢是主角，在各个场合应声而出。第一回是四声坊风筝艺人龙师傅对卢家睦的承诺，每到虎年龙师傅就扎一个虎头风筝，传到龙宝依旧不忘，是为信。第二回是文笙的老师毛克俞教学生绘画，并鼓励大家用成语命名。文笙画了一个精致的风筝，取名"命悬一线"，毛克俞稍作修改，指出只有画中看不见的线才有后来的精彩，改作"一线生机"，是为雅。第三回是文笙上了战场，他约了小伙伴一同放飞风筝，按照摩尔斯电码拉线收绳、传递信息，是为智。最后是文笙为救朋友求助儿时伙伴雅各，雅各周旋于各种势力之间，游刃有余，文笙问他，是谁教会这些，雅各说，是你，你教我放风筝要顺势而为，是为达。

总而言之，这部小说匠心独具，那些情义与心思百转千回，密密铺陈于岁月的肌理之中，需要静心去读。

人有病天知否

这是一本神仙打架的文学史。林斤澜在题序中引述:"史书除人名是真,别的都是假,小说除人名是假,别的都是真。"然而我始终相信陈徒手是真诚的。

陈徒手用白描手法,大量旁证,重现了众多大作家在一个特定历史阶段中的样貌。在他的笔下,沈从文不再是写边城那个神采飞扬的小说家,而是顾虑重重的文物工作者。这个文物工作,也绝非其他传记中所宣扬的华丽转身,更像是在不敢写不能写的环境下,自我排解的一种方式。陈徒手的高明之处在于只有叙述,没有评论。比如文中两段引述,一是沈从文在美国圣若望大学的一次讲演,他说,从个人来说,我去搞考古,似乎比较可惜,因为我在写作上已有了底子,但对国家来说,我的转业却是有益而不是什么损失。另一段引述是林斤澜的回忆,一次与下乡回来的作家座谈,沈从文静静地坐在后排,最后礼节性地轮到他发言,他只是说："我不会写小说，我不太懂小说。"沈从文在想什么，经历了什么，全然没有提及，只是明明白白地放在大时代里，让读者去想象。

写史困难，引经据典固然内容翔实，却常常有碍阅读。《人有病天知否》凭借特定的时代背景吸引眼球。但仅止于此是不够的，好的素材，怎么写更有讲究。陈徒手从大量的素材中选出独特的视角。百度百科上是这么介绍老舍的：老舍，男，原名舒庆春，字舍予，北京满族正红旗人。中国现代小说家、作家、语言大师、人民艺术家，新中国第一位获得"人民艺术家"称号的作家。百度出来的资料自带光环，是生者的履历，是逝者的定论。而陈徒手将老舍刻画为特殊的一章，题目是花开花落有几回。花开花落的不仅是年华，更是一稿又一稿的剧本。

老舍赶稿。他认为，赶出来的作品不一定都好，但是永远不肯赶的，就连不好的作品也没有。老舍改稿。《春华秋实》的修改前后长达一年，每改一遍都是从头写起，现存遗稿的文字量有五六十万字之多。他就像我们身边的人，那些做设计的、写材料的，虚心听取来自四面八方的意见。《春华秋实》的修改眼看着大功告成，剧院又开展了一次大讨论，于是主题从"打虎"改为"为团结而斗争"，直到最后确定为"为保卫劳动果实而斗争"，而且明确为"用大公无私和集体主义的工人阶级思想"来反对"资产阶级的个人主义"。写老舍，陈徒手着墨最多，我看来看去，大约只是回答了他在开篇提及的一个疑问，老舍始终是一个"歌颂性"的写作劳模，但没有善终，心中的委屈肯定比天还大。

文人的苦闷在哪里？如果说修改只是小小的烦恼，那么更大的苦闷是得不到认可，或做不成事。丁玲在北大荒反复给严文井写信，催问组织何时对她安排："世界是这样的美好，社会主义事业的花朵展开得是如此的绚丽，我实在希望我能把我的力量，我的生命投进这个大熔炉里面去。"文人最大的苦闷是立场和节操。汪曾祺在《决裂》中写道："有的同志说我是'御用文人'，这是个丑恶的称号，但这是事实。"陈徒手尽可能以事实说话。范曾先生在《忧思难忘说沈老》一文中，对陈徒手的文章予以反驳，文章最后写道："我只是感到中国知识分子曾经普遍受到'左'的路线的冲击，需要你表态、排队、坚定立场、表示忠诚等等，这其中包括我，也包括沈从文。"曾经的矛盾、争吵、谩骂都尘归尘、土归土，随风而去，留下来的成为历史。

历史的真相到底是什么？多年后，真相在口口相传中变形、扭曲、挥发，沉淀在一本又一本的传记中，而传记的立场有赖于作者的感受与表达。我们无从分辨真假，只能从陈徒手的文字中去感受那个波澜壮阔的年代。如王蒙所说，好书要会写，还要会看。真话不能说的时候，也不说假话。那么更关键的，只怕是隐藏在冰山之下的假想。纵观这本书，我觉得最值得看的，是说什么，不说什么，想说的如何去说，不想说的如何不说。

我突然想起一位老先生，他安静斯文，眉眼细长。有段时间我在老大楼工作，每天从他的办公室门前路过。只要他人在，房门总是大开。每周他大概只来几天，埋头整理资料。有一次我好奇地与他寒暄，才搞明白他负责修志，带领一个年轻人一同工作。他对我唏嘘，这项工作不好干，很多史料无法还原，只能大概凭想象。我看了看他写的文本，更加唏嘘。你根本无从想象，我们每天热烈地生活，最终会以什么样的面貌留存下来。那些气势恢宏的大人物，在志书上不过寥寥几笔，甚至与当年的风采大相径庭。我们生命中刻骨铭心的往事，只怕不过是花边而已。

读罢掩卷，记忆最深的是沈从文先生一封未发出的信："关门时，独自站在午门城头上，看看暮色四合的北京城风景……明白我生命实完全的单独……因为明白生命的隔绝，理解之无望……"

并不普通的普通人

最近，罗新的《漫长的余生》占据各大阅读推荐榜单。我也买了一本。书到手，才知道书的全称是：一个北魏宫女和她的时代。罗新梳爬墓志、史书等各类资料来讲述宫女王钟儿跌宕起伏的一生，并以王钟儿视角观察她身边的人和事，去想象皇帝、后妃、朝臣与外戚之间的纠葛。面对权力，他们张狂、喜悦、贪恋、疑惧，患得患失。罗新说："我们关注遥远时代的普通人，是因为他们是真实历史的一部分，没有他们，历史就是不完整、不真切的。"但我觉得，王钟儿并不是普通人。迄今为止，能够留下墓志的宫女，生前都在官二品以上。二品是什么概念？《北史》记北魏孝文帝改革后宫制度云："后置女职，以典内事。内司视尚书令、仆。作司、大监、女侍中三官，视二品。"也就是说宫女的最高官职是内司，只有一人。王钟儿官至一品，后期出家，于八十三岁寿终正寝于洛阳昭仪寺，皇帝追赠予女尼的最高官职比丘尼统，可谓荣耀一生。相比那些出生贵胄的帝王将相，在历史的长河中，王钟儿是并不普通的普通人。她有幸被一方墓碑记载，让后人管中窥豹，通过短短一百来字去想象描摹生前的荣辱与悲欢。

据墓志记载，王钟儿出生于南朝刘宋的中下层官僚家庭，嫁给同样社会等级的夫君，后因南北战争，被掳掠到北方"没奚官"，沦为北魏平城宫无数蝼蚁中的一员。那一年，王钟儿三十岁，有夫有子，日子舒心而惬意。灾祸从天而降，她的人生转了个大弯，等待她的是不可知的黑暗。令人惊诧的是，她安然度过了之后的五十六年。

卡尔维诺说过："看不见的风景决定着可视的风景。"用在《漫长的余生》上真是再贴切不过。这是一本结合了历史考据和适当想象的学术著作。王钟儿的墓志铭只有短短百余字，尚有诸如"德尚法流""仁和恭懿"等赞美语。可供考据的文字少之又少，罗新却能从蛛丝马迹中寻找出墓碑主人与大历史的关联。他从同年代、同时期的其他历史著作、人物传记中寻找比对，描绘出与王钟儿相关的人物脉络。对于读者大众来说，如果没有适度的想象去填补史料之间的空白，将直面晦涩难懂的文言文，失去可读性。罗新在人物传记之间流畅地勾连出王钟儿的故事线索，很好地解决了这个问题。尽管如此，这依然是一部极为严谨的史料研究，诚如罗新本人所说："涉及历史的研究，不能太通俗化，要避免为了通俗，把历史原貌简单化了，甚至改变了它本来的样貌。"

历史偏爱当权者，罗新用较长的篇幅刻画了把控全局的冯太后、一生纠结的孝文帝、生性多疑的宣武帝等，并合理想象彼时王钟儿在宫中的地位和作用。人们想象中的宫女貌美如花，实际上只怕远非如此。王钟儿的墓志上写着，她幼时即"执礼中馈，女工之事既缉，妇则之仪惟"，这些恐怕都是她余生的立身之本。若非有一技傍身，以及智慧的加持，在波云诡谲的后宫争斗中是无法善终的。

尽管生如草芥，王钟儿的坚韧超乎想象。她从党争的一面走向另一面，并经历了几任王朝的统治，一步步走向权力的核心。我想，她凭借的不仅仅是才能与幸运，更重要的是对体制的熟稔与把握。成也萧何，败也萧何，她因一种皇权体系的覆灭失去了亲人，又因另一种皇权制度的建立成了核心。她的一生与"子贵母死"制度密不可分。正是这个看似荒谬而残忍的制度，让她得以直接参与抚养一些重要的人物，包括宣武皇帝。王钟儿应该是善良聪慧又澄明如镜的人。在命运的每一个转弯处她顺势而为。从宫中到内寺，再到外寺，逆渡波澜无数，她在这个过程中几乎得到了每一位当权者的信任。北魏是历史上著名的大分裂时期，基于皇权的争斗不断。作为一个边缘人，她出世又入世，在旋涡交锋处始终安然无恙。在她弥留之际"犹献遗言，以赞政道。"与其说她忠诚于君主，不如说她忠诚于制度。王钟儿的余生漫长，达五十六年之久。她在这个庞大的体系中进退自如，游走在权力边缘，并在比丘尼身份的庇护下得以自由，安度晚年。

了解历史，才能理解现在。领悟当下，才能展望未来。余生漫长，不到盖棺定论的那一刻，不妨保持希望，始终相信美好的事情即将发生，相信"信仰的力量是无穷的"。

凯风成薪

让我们一起读吧

自从有了孩子，我就立下宏愿，与孩子做同学，互相陪伴、共同成长。那是多么美好的画面啊，我们一起读书，一起写毛笔字，一起学画画，一起弹钢琴，一起念外语。功课能有多难啊，咱好歹也参加过中考、高考、研究生入学考，一路顺风顺水，辅导个孩子还不是玩儿一样。

然而现实是残酷的，孩子一天天长大，我被生活啪啪打脸。我发现，几乎没有什么科目是我跟得上的。

首先是数学，小学三年级的奥数题我已经看不懂了，幸好老公热衷钻研，我靠家长帮、度娘抵挡，一路败下阵来，终于丢给了老公。其次是英语，每天背单词虽然雷打不动，讲到语法就开始含糊不清，查字典查工具书，必杀技是"这题我们记下来，找时间问老师！"最后是语文，基础知识勉强凑合，一到阅读就很困难。我做的阅读题，总是与标准答案相去甚远。辅导不了，就一起读书吧，学校下达了那么多读书计划，不如我来同读。

上学期学校的指定读物是《俗世奇人》，老师让孩子每天放在书包里，早读时用。我看着这本书在他书包里进进出出，最后卷了边。"有意思吗？"我终于忍不住问。他沉吟了良久，说："你就不要看了，看久了没什么意思。"什么叫看久了？我好奇地打开了这本书。

扉页写着3条笔记：1.浓郁的"天津风味"，读出腔调、语气；2.画面感极强；3.语言活泼幽默、短小精悍。

没错，确实短小精悍，这是一本小故事合集，写了常年混迹在天津卫的一些人物，每个人自成一篇，个个都是能人，挺有意思。有的是流传了百年的佳话，比如捏泥人的泥人张。有的是有趣的稀罕事，比如在电车上偷表又反被偷走的小达子。有的主角甚至是动物，比如忠犬黑头。

冯骥才着墨不多，语言精练。就像一个说书人，惊堂木一拍，各路人马陆续登场，栩栩如生地描绘出清末民初天津卫的众生相。

书是好书，大致翻翻也能理解儿子的感受。《俗世奇人》半言半白，像现代简洁版的"三言两拍"，36个故事虽然各有特点，也差不了太多，写的都是距离孩子们很遥远的人和事。什么叫看久了？连续看完5个故事就感觉很久了。我也读得意兴阑珊，重点挑了劫富济贫的燕子李三、天津著名的狗不理和与八仙过海同名的张果老来读。要说妙处，确实如儿子的评价，画面感强，写人物形象算是一绝。

同样的人物故事集还有俄罗斯作家尼·列斯科夫的《奇人录》。我特别喜欢其中的一篇《怪物》，讲的是心地善良的谢里万被妖魔化的故事，谢里万和一个瘸腿的姑娘住在城外的橡木林，里面住着林妖，充满了神秘气息。与孩子们的读物不同，成人版的警世恒言总得说点道理，那些暗黑世界的道理。善良的人民并非永远都是公正的，有时候竟会为了一些微不足道的事情，往别人脸上抹黑，败坏人家的名誉，毫不关心这会产生什么有害的影响。我喜欢结尾美好的故事，恶总是产生另一项恶，只有善才能赢得胜利。

读到最后，我们发现，无论是儿子的《俗世奇人》还是我的《奇人录》都透露出一个信息，用福音书的话来说，就是善能使我们的眼睛和心灵都变得纯洁。

一起读书大概是我目前唯一能做到的陪伴，虽然儿子无比嫌弃我选的书，但我想，只要我坚持下去，只要他打开书本，总能找到共同之处。我相信，总有一天会找到我们共同喜欢的书。

出路总是会找到的

最近一次红色书市上，一本《乡土中国》放在不起眼的角落。我的年少时光都用来钻研数字与符号了，现在开始读书，囫囵吞枣，每一本都很新鲜。《乡土中国》大名鼎鼎，作者是社会学家费孝通，我原以为是小说，照例先看前言后记，才弄清楚是有关乡村社会结构的杂文。《乡土中国》是费先生青年时代撰写的一册调查报告，陆续在报刊上发表，为稻粱谋。我推算了一下，当时他不到30岁，从英国留学归来投入乡村，换一种眼光看世界。眼界决定境界，乡村生活在他的眼中成为社会学样本，更是与西方社会对比的样本。后记里还提到一本《美国人的性格》，我便托朋友也买了回来。

这两本书既是论文，兼做讲稿，亦为杂文，一篇篇陆续在报刊上发表，成为系列，从不同的角度讲述了同一主题，即：中国与美国的社会形态。几十年过去了，依然可圈可点，贴合实情。

只是理想仍旧是理想，现实依然是现实。《美国人的性格》由三本小集合成，分别是 Mead 女士同名书的读书笔记，以及费先生两个阶段访美的感悟。先读乡土中国，再读访美感悟，最后来看读书笔记，可以更清楚地看出费先生的思想脉络。尤其是两个阶段的访美札记，前后对比、感触良多。社会在变，人也在变，不变的是变化。社会学基于人，基于有组织的人，古斯塔夫·勒庞在《乌合之众》中指出，当个人是一个孤立的个体时，他有着自己鲜明的个性化特征，而当这个人融入了群体后，他所有个性都会被这个群体所淹没。费先生的论述是另外的角度，大浪难掩暗流涌动，那些面无表情的人们，内心深处翻涌更多。乡土中国则写的是中国人难以摆脱的乡土情结，值得反复研读。

关于差序格局

差序格局是费先生创造出来的名词，他将西方的社会组织命名为团体格局，简单地说就是依据不同要素组织起来的社团组织，就好比扎、捆、把，有明确的界限、等级，人们隶属于不同的社团，泾渭分明。而我们的格局，好像把一块石头丢在水面上所发生的一圈圈推出去的波纹。家不是家，是家门，自家人可以包罗任何要拉入自己的圈子，"一表三千里"。每个人都是他的社会影响所推出去的圈子的中心，最重要的亲属关系就是这种丢石头形成的同心圆。人与人的往来依照纲纪，也就是人伦，形成差序。社会的架构是不变的，"变的只是利用这架格所做的事"。读完这段，似有所感，我们远离乡村，貌似过着都市生活，但社会的组织模式没变，每一个网络有一个"己"作中心，遇到冲突时再根据亲疏远近去衡量。人们的行为方式也没变，攀关系、讲交情，像贾家的大观园，鼎盛时庇荫半径极大，凡是攀得上关系的都包容得下，可是势力一变，树倒猢狲散，缩成一小团，是为差序。

关于地缘

　　血缘之外的圈子就是地缘，也称老乡。对于这一点，省会城市出生的人感受不深，因为本地人占大多数，圈子太大则不成圈。地缘圈子微妙，自带亲密感，人越少，关系越紧密，占压倒性比例的群体反而是局外人。地缘的根本还是乡土中国，农村里的社会关系在家门口，人与人摩肩接踵、挤挤挨挨，自己家里坐着能闻到二叔家的饭菜香。乡里乡亲的大事小事全在眼皮底下，都在口舌之间，遇到矛盾由家族里有名望的长辈出面协调解决。城市化进程并没有从根本上改变相处模式，近年来网络聊天工具的出现，更深化了圈子。微信群就是社交圈，七大姑八大姨都生活在同一个微信群里，在小群里商讨，去大群发表意见。亲戚群、老乡群都是置顶的微信群，有影响力的长辈或同僚不再去祠堂里调解纠纷，在微信群发言就好。费先生是吴江人，籍贯一律填写江苏吴江。他至少住过9年，多少有点概念，我的籍贯一直写着某省某县，却一天也没有去过。有一天我突然想起，某县总该属于某市吧？百度一查才知道是九州之首，出了不少名人，居然有了点难以名状的自豪感，此为地缘。

关于血缘

在乡土中国，血缘是身份的基础，是一切关系的本源。当我们把社会关系归结于血缘和地缘，对中国文化就会有比较深入的共情。比如在饭店抢着埋单，打作一团，我曾经觉得十分可笑。但退回几十年，在一个小小村落里，亲属之间你来我往，相互救济，人情无法一笔笔清算，经济的往来是借贷和馈赠，多年来代代相传，没有 AA 制一说。这么一想，对家里长辈的诉求，从俗就好，没必要去较真反驳，下一代的孩子们自然会演化出新的相处模式，宽容就好。事实上我们的一切都来自于血缘，前人的经验，口口相传，后人在前人设定的轨迹中行走却不自知。回过头看，白手起家的人其实极少，文化在亲子之间传授无缺。文化是什么？费先生是这样定义的，"文化是依赖象征体系和个人的记忆而维护着的社会共同经验。"那么书、写、画、音、歌都是为了传承，那个石子投射出去的波纹形式多样，而载体却单一。

关于平等

费先生在《美国人的性格》里用大量篇幅讲述平等，也即 fair。fair 是个很微妙的词，费先生干脆不翻译，直接引用英文，平等、平均、平衡、公平，一旦翻译难免走样。fair 不是 equal，平均不是公平，fair 有团体属性，学校里不同班级的排名，社会上不同社团的利益，大到民主，小到公正，首先都要以一个团体作为基础。早在那个年代，费先生就清楚地指出，美国人的民主是披着外衣的。他们常说，我们爱好民主，民主是好的，能在平等机会中自由竞争。然而教育孩子时，我们指着路边的乞丐说，不用功就会变成那样。我们的用意是保持自己的平等，并不是要把平等给人。民主从哪里来，民主不是从理论里产生的，而是从生活需要里发芽。我们的平等没有定论，要拿到差序格局中去看，一个人凭借自身的努力获得成功，冷眼者有之，嘲讽者有之，他在自己的格局中平等竞争，然而资源有限，成了他人的阻碍，引来嫉妒，甚至诟病。换个角度看问题，就是 unfair，归根结底，还是人性使然。拿到战争层面上说，fair 是师出有名，不与弱争。二战中美国人对德国无话可说，因为德国事先宣战，而日本则是偷袭，必诛之。费先生认为依照美国人的性格，会自卫不会宣战。礼而后兵，这一点上其实与我国一致。政治脱不掉道德的外衣，战争的起源必须有高举道德旗帜前来挑衅的一方，依照他的断言，大战不会发生。

关于价值

价值的根本在于计算。利害关系是可以计算的，计算是理性的活动，价值问题却是超出于计算之上的，是计算的前提。大到国，小到家，乃至个人，纷争与摩擦都基于立场。孔子说："民可使由之，不可使知之。"其实不是不可使民知，而是立场不同，不能使民知。费先生也承认，陶渊明的理想生活是有前提的，那就是自给自足。这在社会分工如此精细化的今天是无法实现的。除非你能自己完成所有的事，你才能按照自己的想法生活，否则只能打扰别人，自然要产生矛盾。有时候未必是大矛盾，无非是这件事你想这么做，而我想那么做，就出现了分歧，无所谓对错。一旦有分歧，就有利害，有计算，有取舍。损人不利己，和损人又损己的事，在利害立场上是不值得干的，这是价值观的基础。但这类事在生活中经常发生，因为人类非理性，一旦掺杂了感情因素，就超过了基本价值层面，我们只好用文化去含糊概括。

关于幸福

"科学并不一定带来了幸福。"这也是美国历史上的一个事实。费先生专门写了一节《幸福单车的脱节》来阐述经济自由主义与幸福的关系。经济自由主义是什么呢？简单归纳为四个特征：1.公平的社会秩序保障人们各施所能，追求利益；2.优胜劣汰；3.政府不应干预经济自由，责任在于保障个体竞争；4.私有财产是社会进步的保障，是优秀分子的标志，应当予以保护。总的来说，科学的进步带来经济繁荣，幸福是属于小部分优秀分子的，但这部分人也未必幸福。费先生的幸福观在庆堃写给他的一封信中有完整表述，并收录在《初访美国》中。"每一个人重要的是在知足。文化是客，人生是主；人生若是追求快乐，他必须要能在手边所有的文化设备中去充分地求满足。满足是一种心理状态，是内在的。像我们的老乡，一筒旱烟，半天旷野里的阳光，同样地能得到心理上的平静和恬适。"彼时费孝通40岁不到，人生观已然形成，后面的论述中常有印证。庆堃赞成知足常乐说，但同时又讲，假使死是最高艺术的完成，这是不必追求的，因为很快我们总会得到，在此之前的时光还是要动起来。在生里，在动里，在不厌里，体会乐趣。受到庆堃的鼓励，费先生访美一年，改变了生活方式，至于是否幸福，唯有自己去评判了。　·

关于变化

《初访美国》与《访美掠影》中间隔了35年，初访是战时，美国对日本宣战，成为我们的盟国，从满目疮痍的中国来到美国，最大的感受就是富，美国很富。35年以后，更加日新月异。飞机成为主要交通工具，车、油、路三位一体；电脑开始普及，成为新鲜玩意儿；城乡的概念开始模糊，很多市里的人开始搬到郊外居住；地铁成为出行的便捷工具，家务由机器代替，释放了双手；殷实的家庭并不真正富裕，他们的日常开销去大型超市解决，信用成为"巨灵"。电子技术是明日之星，渗透到生活中的各个领域。有没有觉得很熟悉？民宿、花呗、盒马生鲜、五花八门的消费储值卡？社会在默默地进步，速度快得难以置信，一个个庞大的生态结构在地球的各个角落复制、进展、繁荣，是变化中的不变，我们都是游戏《文明》中的一角，是真实演绎。

拉拉杂杂想到的，简单记录。这两本书要结合时间去看，要放到历史的大背景中去看，美国的早期移民以圈地运动中走出来的英国人为多，新移民在新天地辛勤劳作，是农耕文化的源起，与乡土中国没有什么不同。按照费先生所说，美国人的阶层是去除了两头的中间层，我和儿子讨论了半天，应该是指没有奴隶和贵族。社会阶层的巨大落差、华侨的融入问题书中也有涉猎。

　　看完不免唏嘘。以史鉴今是理想，历史总是重复发生。就像女人减肥，少吃多动，道理都懂，做不到啊。但是我相信，如费先生所言，出路总是会找到的。

寻找属于自己的避难所

最近我遇到一个难题。

儿子在学校顶撞老师，大哭大闹，甚至动手，爸爸被火速喊去了学校。然而问题没有解决，他沉浸在自己的情绪里走不出来。

这样的情况不是第一次发生，我无奈，却只能忍耐。情绪控制对他来说一直是个难题。两天以后我问他原委，他仍然表示委屈。情绪爆发的当下，毫无逻辑可言，他倔强地表示，不是自己的错。但同时，他也承认，不知道怎么控制自己。当然他有错，在终于冷静下来以后，我们把事件还原。他写了深刻的检查，分析出了六条错误。

我想讨论的不是事件本身，而是毛姆的一本书《阅读是一座随身携带的避难所》。"避难所"三个字真是译者的神来之笔。对我来说，宣泄情绪的唯一方式，就是阅读。

这是毛姆的读书笔记小辑，同时收录了他的一些写作心得和哲学思考。读书笔记其实很难写。写内容难免剧透，写感受过于凝重，写技法受众不多，写轶事需要考据。毛姆的读书笔记简直是我读过的最有趣的读书笔记。他另辟蹊径，从另一个角度谈他那个时代的著名作家以及他们的伟大作品。这是一本巨匠的八卦之书，他妙笔生花，写作者的奇闻轶事和成长经历；写作者生活的时代和小说人物所处的社会环境；写评论，写书的受众和价值；写技法，写如果换了他自己，他会怎么构造这个故事。

毛姆是一个刻薄暗黑又有趣的人，他让大作家走下神坛，成为一个个有血有肉有心思有算计的人。在他的笔下，狄更斯、巴尔扎克、陀思妥耶夫斯基都是沉溺享乐的人。狄更斯朝三暮四、挥霍无度，司汤达其貌不扬却夸夸其谈，巴尔扎克见一个追一个，对四个不同母亲的孩子毫无感情，托尔斯泰晚景凄凉，死于一场躲避妻子的离家出走。如果说毛姆想证明伟大的天才都是有道德瑕疵的，那么，他成功地做到了。他把每一篇读书笔记都写成了一部有趣的八卦小说。那些隐秘又曲折的人生让人瞠目结舌。

我最欣赏他对读书的看法，他认为，"阅读应当是享受的。它不会帮你拿到学位，也不会教你谋生的本事，不会教你如何航船，也不会教你如何修理停运的机器，但是这些书会让你活得更加丰满。"我们每个人都可以从书中找到一个和自己类似的人，他们在另一个世界行走。我们默默地旁观他们，体会他们的喜怒哀乐，并从中找到共鸣。

读了毛姆的笔记，我发现写作是另一种情绪宣泄的方式，作家把自己掰碎了揉烂了，融入作品里。在毛姆看来，每个人物或多或少都有作家性格中的影子。一个作家能写出什么样的作品，取决于他是个什么样的人。福楼拜说："包法利夫人其实就是我本人。"而毛姆认为《呼啸山庄》中的凯瑟琳正是艾米莉·勃朗特本人。积极正面的形象可能是作家自己，也可能是作家的心之向往，自己做不到的，让角色做到了。从这个意义上说，毛姆写大作家的道德瑕疵又何尝不是在替自己开脱？总之通过写作，作家可以活出多于常人几倍的精彩人生。

我似乎扯远了，但其实并没有。我在分裂人格中游走，外在看似很开朗，内心却很宅。阅读让我找到同类，找到安慰。我与小说的主人翁一起天马行空，宣泄情绪。而我的孩子，他活泼好动，心中有一团狂躁的火，他还没有找到合适的渠道安静下来，我必须尽快地找到它。

这次校园事件还没有得到很好的解决，我尝试劝他与老师谈谈心，或是给老师写一封信。他果断地简化了写作任务，把心里话都写在了检查里。我安慰自己，或许，这是一个好的开始。

这几天我心力交瘁，有一整夜翻来覆去睡不着，我的教育失败了吗？正确的教育又是什么？我在应试教育的夹缝中努力地抵挡着，尽力给我的孩子一个快乐童年，却似乎总也做不到。也许，正如毛姆说的，尽管莫泊桑和契诃夫观察生活的方式并不相同，却殊途同归地得出了一致结论，那就是：人人皆卑劣、愚蠢而可怜，生活总是令人厌倦而毫无意义的。假设如此，人类生生不息的繁衍意义何在呢？我们对自己的孩子寄予厚望，嘴上说静待花开，心里却总想收获意外之喜。

好在，这些问题不仅仅困扰着我，曾经也一定困扰过毛姆这样的大作家，他们替我们做了大量的哲学阅读和理性思考，毛姆在书的最后引用雷昂修士的话："生命的美别无其他，不过顺应其天性，做好分内之事罢了。"我想教育的本质也是如此，因势利导是唯一良策。

做最好的自己

你是从什么时候开始自我怀疑的？那些你曾以为无可争议的事，那些真理，从什么时候开始呈现出不一样的面目？

《你当像飞鸟飞往你的山》是 Tara 的个人传记，一经出版便盘踞《纽约时报》畅销榜榜首。Tara，1986 年生人，摩门教，女性，十七岁前从未踏入教室，获得哈佛大学奖学金，剑桥大学硕士、博士毕业，每一个字眼都那么新鲜，吸引我去阅读。其实这本书的英文版叫《Educated》，一个简单又方正的词，受教。全文读完以后，我才体味出翻译的精妙之处。我几乎是揪着心读完的，与其说这本书关乎教育，不如说它关乎成长。没错，这是一本女性的自我成长之书，我几乎可以从中看到，一个小女孩是如何冲破层层迷雾，在不断的自我否定中找到了自己。

Tara 的父亲是一个坚定的摩门教众，他偏执躁郁，相信 Days of Abomination 即将来临。Tara 的母亲软弱坚定，他的哥哥残酷暴戾，她成长在一个极端的充满伤痛的原生家庭。他们从不去医院，从不去学校，不与外界交往。Tara 的父亲在家庭中占据了绝对的主导地位，他说一不二，是观念的塑造者。这样的家庭固然极端，但不是唯一。成长就是一场叛逃，每个人都是逃犯。在阅读的过程中，我时常想到我自己。

父母对我教育严格，反复对我说要做一个诚实守信的人。我觉得他们说得对。他们说，说谎的匹诺曹，鼻子会变长。上小学时一个下午，我独自一人背着书包去上学，周围很静，我很急，抄了一条近路去学校。邻居在楼下晒年货，一个大大的竹匾子上躺着香肠、萝卜和白菜，萝卜被扭成一条条，蜷曲在阳光里，散发出盐渍的清香。我犹豫不决，脚步渐渐地慢下来。我感到周围有无数的目光，然而抬眼望去，四周空无一人。我快速地抓了一把，牢牢地握在手心，然后头也不回地往学校的方向飞奔而去。很多年以后我依然会在那种紧张的情绪中醒来，下意识地摸摸鼻子，没有变长。

"那时的我相信——一部分的我将永远相信——父亲的话应该也是我自己的观点。"

从父母的绝对权威中挣脱出来，是对自我的挑战，更是对信仰的挑战。Tara 家的孩子们日复一日地在废铁场帮忙，收拾边角料，操作起重机，他们是父亲的好帮手，也是劳动力。慢慢地，母亲成为出名的助产士，Tara 协助母亲制作精油，她从未想过人生还有别的可能。她的人生在巴克峰的背面，被大山牢牢地锁住。读到这里我越发觉得书名翻译精妙，《圣经》里说："我是投靠耶和华，你们怎么对我说：'你当像鸟飞往你的山去。'"山是巴克峰，是 Tara 的故乡。山也是鸟的归属，是 Tara 的向往。

  Tara 终究还是走出了巴克峰，去寻找属于自己的山。哥哥泰勒的离开成为 Tara 的人生转折，他通过自考去杨百翰大学读书，并告诉 Tara 她也可以。"小时候，我等待思想成熟，等待经验积累，等待抉择坚定，等待成为一个成年人的样子。那个人，或者那个化身，曾经有所归属。我属于那座山，是那座山塑造了我。只是随着年龄的增长，我开始思考，我的起点是否就是我的终点。——一个人初具的雏形是否就是他唯一真实的样貌。"Tara 开始在母亲的指导下学习，并顺利地通过了大学的入学考试，从此开始了开挂的人生。

  Tara 的经历过于极端，她的家庭成员一直生活在事故里，母亲在车祸中大脑受损，哥哥们不断被割伤、压烂、骨折或烧伤，她自己被叉车碾压，父亲在大火中被毁容，每一个事件都让我的心放下再提起。原生家庭的影响不可磨灭，在她的笔下，她的家庭充满了戾气，女孩子被严格管教。摩门教允许一夫多妻，女性被教育要着装保守，行为端庄。而端庄的定位极为严苛，穿紧身连体裤跳芭蕾舞被称为 whore，whore 像一个魔咒在她的脑海中反复出现。Tara 数次梦见在天堂与自己的丈夫相遇，他的身后站了一排女人，都是丈夫的妻子。Tara 用了许多年才从父亲的思想桎梏中挣脱出来。直到她去剑桥大学读书，才能坦然地穿上 T 恤，自在地走在国王学院的草坪上。

  以女性的观点读这本书，我的心情极为复杂。Tara 的自我觉醒，我感同身受。父母教育我遇到事情首先要自我反省，并习惯性指出我的问题所在。我不自信，每当我遇到挫折、受到委屈，总是首先跟自己过不去。我有没有做错什么？有没有行为不端？如果当时我不是这么做，而是那么做了呢？我常常彻夜难眠，脑海中反复翻涌的是别人对我的评价，而那些评判或许根本子虚乌有。我努力从父母、旁人的眼光中挣脱出来，去直面自己的内心，这是一个漫长的过程。我的一个亲戚 70 多岁时还与 90 多岁的母亲生活在一起，每天互相指责、耍小性子、拌嘴斗气，很多人可能终其一生都在道德枷锁之下过活，与父母、与舆论、与心中的那个自己做情感上的斗争与纠缠。

女性的另一个角色是母亲，站在母亲的角度去读，我的心情更为复杂。母亲是父亲的妻子。当 Tara 与父亲之间出现了裂痕，她首先返回家乡找母亲调停，母亲却对她说："妻子从来不到丈夫不受欢迎的地方去。我是不会参与这种明目张胆的不敬行为的。"摩门教义与我们的三纲五常有类似之处，父为子纲，夫为妻纲。从这样的家庭中逃跑意味着与家庭的决裂。女儿奔向了自由人生，母亲的心一定是化成了碎片。我们要培养一个怎样的孩子？成功的孩子远走他乡，宠爱的孩子依偎身旁。为了孩子我们倾其所有，这个孩子却如何去看待和衡量我们的付出？

Tara 在后记中反复提到模糊的记忆与求证，想必背叛家庭、背叛父母的心理压力是极大的。据说在她出名以后媒体开始集中的访谈，家庭成员对同样的事情持有不同的说法和观点。大概没有人能坦然接受自己的负面形象吧，人们总是愿意记住自己想记住的事。在心中反复回味以后，事情就开始发酵、扭曲、美化，成为你愿意接受的样子。这样的模糊我也有过。小学时，有一位跟我关系很好的女生有很多零花钱。每天放学，她会买校门口的麦芽糖、橘子汽水请大家吃，我总是吃的主力，每次吃得最多。一段时间以后，她告诉我父母，我欠了她几十块钱。对我来说，那是天文数字，因为我没有零花钱，对钱也没什么概念。我被父母带着去她家里道歉、还钱。她坚持是我借钱而不是她请客，我哭着被父亲严厉地批评。这件事在我的记忆里成为烙印，我相信她说的是真的，几个女生都吃了不少，日积月累我亏欠的最多，但在记忆深处我拒绝承认是主动行为。我从心底深处选择了模糊，多年后，当时的真相已经无从还原。

Tara 的小说有日记为证，然而日记是否对记忆有所美化很难说，毕竟是本人对个人观点的记录。如果说我对 Tara 充满了同情，作为一个母亲，我更能体会 Tara 父母的愤怒与悲伤。Tara 的父亲有精神上的疾病，站在他的角度来看，Tara 所控诉的正是他的信仰，也是他竭尽全力要传递给下一代的生存法则，而 Tara 走上了歧途。即便如此，他在机场送 Tara 去剑桥读书时，仍然放心不下，他对她说："如果你在美国，无论你在哪个角落，我们都可以去找你。世界末日来临时我可以带你回家。但要是你去了大洋彼岸……"那一刻，我的泪水涌出来，Tara 的父亲就是每个人的父亲。

与家庭的决裂是 Tara 心中不可磨灭的伤痛，在小说的最后，她写道："你可以用很多说法来称呼这个自我：转变，蜕变，虚伪，背叛。而我称之为：教育。"这本书几乎没怎么描述教育本身，却写出了教育对一个人的巨大影响。显而易见，Tara 是教育的受益者，教育赋予了她全然不同的人生。我同样是教育的受益者，正在焦灼地试图通过同样的方法给我的孩子提供有保障的生活。这本书对我触动很大，教育不是施教者完成的，是被教者的自我找寻。"Emancipate yourselves from mental slavery. None but Ourselves can free our minds.（快冲破思想的牢笼吧，只有自己才能解放自己。）"对我的孩子，要深爱，更要放手，唯有这样，他才能找到属于自己的那座山，并坚定地飞过去。

不完满才是人生

这周很忙碌，只得抽空读些零散文章。选了中学生推荐书目季羡林先生的散文。季先生说，书卷伴青灯，足以慰风尘。此话有理，开卷则心静，思绪可开阔，可聚焦，是为良伴。

季先生的文章让人心静。他写的不是哲理，是道理。读完季先生的文章，我才明白，文章无须华丽，也可以用来对话。《一生自在》收录了季先生望九之年写就的多篇散文。季羡林、周有光、杨绛，那些世纪老人们，在人生跑道的终点，回首徐望，拉点儿家常，说点儿心里话，不妨读一读他们的文章，换一个角度审视人生。

我以为，学生写议论文应该首先读读季先生的书，他能把一个观点说得清楚明白，有理有据有节，又不至于咬牙切齿言辞铿锵，这是功夫。他的文，多用对比，知足知不足，有为有不为，迁就与适应，走运与倒霉。对比用来表达观点，中立又从容。他写的大多是千字文，副刊体，一篇文章写一个观点，浸透着人生智慧。

大道理人人会说，但季先生说得巧妙。比如《论成功》，什么叫成功？词典上写道，成功：获得预期的结果。预期是目标，天资＋勤奋＋机遇才是途径。季先生的文章结构像今人推崇的思维导图，逻辑严密，丝丝相扣。关于文章结构，季先生推崇八股，他认为文章是有技法一说的，散文不能散，要有逻辑性、有系统性，不蔓不枝、突出重点。

他爱写小事，小处着眼，大处着手，用小故事说大道理。比如《论正义》，编者特意收录了这篇早期的文章，堪称经典。开头写了一件小事，大孩子和小孩子打架，一群人围观，并没有人上前劝架，两个小孩打得筋疲力尽，旁人并未指责大孩子恃强凌弱，反而不许小孩子动用武器。季先生娓娓道来，由此引申出中国人的正义感，50 年过去了，只怕此文仍然适用。

一本集子读下来，心情平静了许多，仿佛得到了智慧的加持。豁达通透，方显从容。季先生写《生命的冥想》，生命的最后一刻，你会想什么呢？我们有这次生命，不是容易事，比电火还要快。一闪便会消逝到永恒的沉默里去。季先生说我们不要放过这短短的时间，要多看一些东西。我仿佛看见一位耄耋老人，在灯下读书、写文，与自己的记忆对抗。无用吗？有用。在漫长恒河里，能留下的唯有文字，思想会在文字中发光。一代又一代人就是这么传承的，承上启下，正是人生的价值所在。

季先生说，人生最好的状态，就是活得坦荡、清醒、自在。然而《一生自在》并不是一生无争，季先生祈祷来世不做知识分子，想必知识分子的一生并不真的自在。人人有本难念的经，不完满才是人生。每临大事须有静气，兵来将挡水来土掩，不完满是常态，认识到这一点，对己，可以不烦不躁；对人，可以互相谅解。

这世上芸芸众生，如季先生所说，绝大多数人，人生一无意义，二无价值，他们也不考虑这样的哲学问题，而那些睿智的老人，虽然消失于人海，却生活在人们的记忆里。或许，人们最怕的死亡，并不是"完全终结"。会有一扇门，留给善良睿智的人，那些思想流转星际，成为永恒。

你读过《朝花夕拾》吗？

鲁迅的文章在我脑海里等同于晦涩，说是现代文，处处有文言痕迹，算是过渡时期的产物。读过的有限几篇都是考试文章，加点词语、段落大意、中心思想，读得抽丝剥茧。一篇文章但凡读到这个份上，大概是再也提不起兴趣来了，鲁迅被我下意识地拉入黑名单。

没想到黑名单也有返白的时候，人到中年，《朝花夕拾》作为小学生推荐读物成了过不去的坎儿。盛夏我便早早地买了回来，放在窗台上。关于如何鼓励小朋友读书，闺蜜告诉我一个秘诀，把一些指定读物放在小朋友随手可及之处，那么他闲极无聊可能会拿起来翻翻。一直以来我都是这么做的，官方推荐读物统统放在马桶边的窗台上（没有丝毫不敬的意思）。有些书儿子愉快地读完，被带离了窗台，而《朝花夕拾》一直在那儿，纹丝不动。

书买得多了，有时难免重复，寒假开始时我又买了另外一个版本，收到才发现买重了。我再次放上窗台，试图蒙混过关。然而儿子还是火眼金睛地剔除了它。我想，要么，还是我先来读一遍吧。这是本好书，但对孩子来说有很强的疏离感。

书的封面上是这么写的：在中国文学史上，现代文学的奠基人鲁迅用自传性散文集《朝花夕拾》书写了一代中国人共同的童年，成为现代回忆性散文的典范。

读完以后，我不太认同。这是鲁迅那代人的童年，是与现代的孩子们毫不相干的童年。童年存在于鲁迅的回忆中，带了世俗的滤镜，难免换了颜色，比如《无常》一篇，无常是戏角，戏是农村里的大戏，唱词扮相对于城里的孩子来说完全陌生。鲁迅指出正人君子们的愚民说辞，公正的裁判是在阴间。至少我认为这篇不太适合孩子去读，在什么年龄做什么事很重要，童年应当纯净，正因为这样的纯净很难保持，所以格外难得。

大多数篇章还是很有意思的，最有趣的是《五猖会》。五猖会是鲁迅家乡盛事，类似于庙会。在那个盛大的节日上，舞龙的、踩高跷的、耍长竿的，无奇不有，是每个小孩子的心之所向。文章几乎没提到鲁迅在五猖会上如何玩耍，主要写了漫长旅途中，鲁迅的父亲逼着他背《鉴略》，背不出，就不准去看会。文章的最后一句写道："我至今一想起，还诧异我的父亲何以要在那时候叫我来背书。"我忍不住会心一笑。央求儿子先读一读这篇，果然，他兴致勃勃地读完了，顺便延伸出对我们的控诉。

印象深的还有一篇琐记，写鲁迅从流言蜚语的邻里关系中走出，向外求学的一些琐事。那个时代求学从私塾转向中西学堂，除了学四书五经以外，还要学英文学德文，学地质学矿物。可见那时的学习是宽泛的。博取而约观，宽有宽的好处，什么都了解一些，才能找到未来的方向。我们一生所学大部分是无用的，实用主义的学习必须有，但绝不能仅止于此。无用之学越多，思维才越开阔。谁能想到读金石学、《天演论》的鲁迅也会成为现代文学的奠基人呢？

最触动我的是《父亲的病》，父亲临终时，邻居太太嘱咐须不停地呼唤，鲁迅反复呼唤父亲的名字，让父亲心烦意乱，然而他还是坚持喊到他咽气。他认同西医的观点，不可以医的应该给他死得没有痛苦。我想起我的爷爷，抽烟喝酒都是毕生挚爱，最后那年他很不舒服，医生叮嘱要戒烟戒酒。酒不喝了，烟却是戒不了，有一次挂水，我负责看护，爷爷对我说："姑娘哎，我求求你。"我出于健康的考虑没有理睬他的请求，还是牢牢地按住他的手，不让他吸烟。多年后想起，一直心存愧疚，总觉得对不起他。

凡有共鸣便是好书，《朝花夕拾》值得慢慢读，细细品。但是对于孩子恐怕太生涩了，不必强求。会选入考试的多半是《从百草园到三味书屋》和《藤野先生》，精读二则，略读全书应该是可行选择。

我想鲁迅先生会原谅我的轻慢，毕竟他在《二十四孝图》里控诉了那些反对白话的学究们，他认为读书须有趣味，读书之人当读好书，眼睛里应当闪出苏醒和欢喜的光辉来。至于我的孩子读不读、怎么读，还是随他去吧，静待花开，急不得。

最后来说一个花絮，好容易读完两个版本，我对儿子邀功，你看看为了你，我终于把《朝花夕拾》读完了，你还不赶紧去读！人家不咸不淡地来了一句："这不是你小学就该做的事嘛？！不过是补课而已。"

嗯，听起来似乎也有道理。

真相只有一个

斯库特，大多数人都是善良的，等你最终了解他们
之后就会发现。

《杀死一只知更鸟》买了快两年，不知道为什么会拖到现在
才看，每次拿起又放下，书名限制了我的想象力。某种意义上说，
这是一本很好的儿童读物，遗憾没有早点读到。我打算推荐给儿
子读一读，对于美国历史、南北战争后的美国，以及当下多种族
聚居融合的现状会有更深刻的了解。

斯库特是一个十来岁的小女孩，《杀死一只知更鸟》以一位小
女孩的视角讲述了发生在梅科姆镇上的一系列故事。故事本身很
简单，甚至谈不上多少悬念，许多小事都是小镇生活的日常。哈
珀·李用儿童的视角去观察。成年人的世界她似懂非懂，她在懵

懂中感悟生活的真谛。

美国经济大萧条时期的梅科姆镇是一个封闭的聚居地，镇上有黑人，也有白人。白人社会地位普遍较高，因为人口很少、环境封闭，他们互相通婚，每个人和每个人都认识，他们或多或少都有些血缘关系。黑人白人生活在同一世界，但仿佛别有洞天，他们从事帮佣、干体力活。小镇上的生活节奏很慢，人们做完手上的活计，闲聊八卦，或是做礼拜。信仰是相同的，形式却是迥异的，白人有白人的教堂，黑人有黑人的教堂，他们彼此用异样的眼光看待对方，互相独立，又莫名和谐。一个名叫汤姆的年轻人，被人诬告犯了强奸罪后，只是因为是个黑人，辩护律师尽管握有汤姆不是强奸犯的证据，都无法阻止陪审团给出汤姆有罪的结论，一个妄加之罪让汤姆死于乱枪之下。

无论如何都要坚持到底

罗曼·罗兰说过，这世上只有一种英雄主义，那就是在认清生活真相之后依然热爱生活。阿迪克斯正是这样的英雄。他是两个孩子的父亲，也是一名充满正义感的辩护律师。小镇上大大小小的官司都会找到他，而他总是胜诉。他是白人精英的代表，同时是一位睿智而宽容的父亲。他十分宠爱自己的小女儿，允许她不那么"守规矩"。他鼓励孩子们追求正义、光明和幸福，却从不用语言表达，而是用行动去体现。几乎全镇的白人都认为是黑人青年汤姆强奸了白人女孩，他却站出来为汤姆辩护。这几乎让他与白人世界决裂。

阿迪克斯说："在我们生活的这个世界上，总有什么东西让人丧失理智——即使他们努力想做到公平，结果还是事与愿违。在我们的法庭上，当对立双方是一个白人和一个黑人的时候，白人总是胜诉。这些事情很丑恶，可现实生活就是如此。"他相信法律，相信陪审团的正义感。他用行动向两个孩子表明，要有自己的标准，就算这个世界上存在太多强大得足以改变你的东西，也不应该轻易改变自己。这场官司最终还是输了，有时候就是这样，无论你再怎么努力，还是事与愿违，但路还是要走下去。别人爱说什么让他们去说，坚守好自己的底线，你所坚持的东西最终会成就你的人格。

不要轻易给别人贴标签

拉德利家族充满神秘感，对于斯库特这样的小孩子来说，怪物拉德利就像巴黎圣母院里的卡西莫多。谁也不了解拉德利，但人人都知道他是一个怪物。事实上，人类并不了解彼此。关于另一个人的故事我们通常是听来的，说的人带着善意，故事就有趣些；说的人带着恶意，故事就离奇些；说的人多了，就成了那个被议论者的画像和标签。

杀死一只知更鸟中有一句话："除非你穿上一个人的鞋子，像他那样走来走去，否则你永远无法真正了解一个人。"拉德利就像个隐身人，一直存在却极少出现。哈珀·李细腻的铺陈让故事充满悬念。拉德利家位于兄妹俩上学的必经之路，每次路过门前的树洞，他们总会从树洞里找到一些有趣的东西，神秘又温暖。我喜欢整个故事的氛围，惊奇却不惊悚，让人有追看下去的欲望。一直到故事的最后，人们才发现怪物拉德利是个善良的人，他把自己从人们的视线中隐藏起来，他就是我们身边的社恐症患者，用坚硬的壳藏起自己柔软的内心。

我相信我们身边善良的人居多，千万不要用看到的、听来的随意地给别人贴上标签，以诚待人，才会收获友谊。我常常幻想，有一天人类会长出一对触角，我们不用说话，互相碰一碰，彼此的气息、品位和喜好就了然于胸，如果相投就继续相处，否则，转身走开就好。

有梦好甜蜜

计划不如变化快。

休假五天，上了两天班。都说这地球离了谁都转，但问题的重点恐怕不在地球。牛顿在苹果树下发现了万有引力，嗯，我猜我就是那颗苹果。

假期哪儿也没去成，理想中的旅行计划一减再减，大理离广东、深圳太近，西安不仅热据说各大景点人挨着人，转念再查上海天文馆吧，约不着票，索性去个苏州、无锡？计划着计划着，又回到了起点，原来离危险最近的是我大南京。身边的段子手们又开始活跃起来。得，还是踏实宅家读段子吧，不能给大家添乱。

这一周发生了太多太多事，河南的灾情、奥运的燃情，我在各个视频软件中来回穿梭，被眼花缭乱的各类热点淹没。这期间翻来覆去只读了一本由费勇译的《了凡四训》，真正获益匪浅。

说是书，其实只有一万字，是明代袁了凡写给儿子的家训。

用今天的眼光来看，袁了凡也是个爱好广泛的研究员。作为一个普通的公务员，他有广泛的求知欲，一生中写了二十多部书，涉猎哲学、天文、农学、水利等各个领域，他官做得不大，也不算出名，一生中的大多数时间在家乡嘉善读书、写书、教育子女。只有这本《了凡四训》成了传世之作。读完译本再读原文，会发现文言文也很直白。袁了凡深入浅出，将一生中坚持的信仰，与孩子娓娓道来，《了凡四训》显示了中国人信仰体系里通达的一面，透过自我修行去创造美好生活。我以为，《了凡四训》既融合了佛教、道教、儒家的思想，又超越了迷信的层面，有些生活哲学的意味。

袁了凡初号学海，小时候曾经算过命，觉得此生不过尔耳，努力也是定数，在遇到云谷禅师以后豁然开朗，改号为了凡，意思是已觉悟关于创造自己命运的深刻道理，不想像凡夫俗子那样被命运束缚。《了凡四训》就是袁了凡写给孩子的四条劝导，分别是立命之学、改过之法、积善之方和谦德之效。

立命之学与了凡的经历有很大关系，曾有一位算命先生告诉了凡，他会考取功名，当上一县之长，在 53 岁那年寿终正寝，没有子女。早期的预言——灵验，了凡深信不疑。既然命运已成定数，努力还有什么用呢？用今天的话说，他早早地成为躺平一族。有一天，他遇到了云谷禅师，听君一席话，有如醍醐灌顶。禅师告诉他，每个人的命运，其实都是自己造作而成；每个人的福报，也是自己努力追求而得。我们对于命运的态度，应当是勤勉修身而又能安心等待。也就是说，是竭尽所能之后的放下，是用出世的心做入世的事业。只要不断扩大充实自我的德行，坚持不懈地做好事，并且是默默地做好事，必然可以改变命运。了凡听了以后依照施行，果然改变了困局，不但事业上有所精进，还求得一子，写书的时候他已经 69 岁，已经远远超越了算命先生的限定，他叮嘱自己的孩子要积德行善、居安思危、坚持不懈，努力去改变自己的命运。

改过之法只有三条，一是要有羞耻心，懒惰、沉湎于情欲，以为别人不知道而私下做一些不义之事都应该视为羞耻，一天天沦为禽兽而不自知是最可耻的事。知耻才有改过的动力。二是要有敬畏心，了凡相信神明的存在，即便独处，所谓的神明也无处不在，即便犯了弥天大罪，也有改过的希望，不能破罐子破摔，此外，改过要趁早，生前不能改过，死后也会成为自己的恶名负担。三是要有勇猛心。不要因循守旧，得过且过，发现问题就要改正问题，消极等待不如马上行动。袁了凡认为，有了这"三心"，自然就能有错就改，消融一切问题。他同时认为，不管什么过错，都是由心而来，最好的方法是从心灵上根治，心念上清净了，每一个当下就清净了。一念起，万恶生，与其犯了错误再去改正，不如开始就发善心，起善念。

积善之方说了很多人从善的小故事，大多是做善事得好报的例子，用实际案例去教育孩子从善如流。这一节写得最长，除了说明什么是善良以外，还详细讲述了十个积善的方法。袁了凡认为做善事有真有假，有对有错，有浮夸也有实在，应当仔细辨别。总的来说应当发自内心的善良，有利于别人，而不仅私利于自己。相比于老好人而言，有个性有原则的人更值得欣赏。媚俗是曲，疾愤是曲，玩世是曲，发自内心的纯净才是端。做了好事不让别人知道就是积阴德，但他也不否认积阳善会享受世间的名声。他告诉孩子们做了好事不要总想着报答，顺其自然地帮助别人，大概有十种方法，不失为实操指南：1. 与人为善；2. 爱敬存心；3. 成人之美；4. 劝人为善；5. 救人危急；6. 兴建大利；7. 舍财作福；8. 护持正法；9. 敬重尊长；10. 爱惜物命。

谦德之效主要教育子女为人要谦逊。《尚书》有云："满招损，谦受益。"了凡认为与他一同赶考的考生中，特别谦虚的那位，往往即将发达。他举了好几位同僚的例子，都是特别低调并且得到了功名或提拔。他认为"凡是上天要使某个人发达，在还没有降福给他时，会先开启他的智慧。这种智慧一旦开启，浮躁的人会变得沉稳，放肆的人会变得内敛。""趋于吉祥也罢，避开凶险也罢。全在于自己。"

了凡将唯心主义和佛教思想巧妙融合，写就了一封流传于世的家书。谁也不知道有因是否一定有果，姑且不论了凡的理论是否有道理，至少给了后辈们勇气、希冀和可以遵循的方案。有梦想才有面对这个世界的勇气和动力。这本书大概率会成为我的手边书。这篇摘要写给儿子，但愿他繁忙的学业之余能抽空看一眼。至于我自己，我想，持戒不妨从以下四条先做起。

听到宰杀的声音不吃；

看见宰杀的场面不吃；

自己喂养的动物不吃；

专门为自己杀的动物不吃。

文字的力量

2020 年，浙江一份名为《生活在树上》的高考作文在网上引起一番热议，三位高考阅卷老师其中两位给出了满分。我通读了两遍，说实话，没太看懂。实在躲不过刷屏的袭击，我又点开几篇分析文章，在专家的指导下终于搞明白文章的主旨：在热爱与尊重家庭和社会的前提下，去追寻自己的理想。在这个基础上，我又重读了两遍原文，说实话，还是没看懂。写文章见仁见智，晦涩难懂的可以诠释为富有哲理，简单直白的可以评定为缺乏文采，怎么才算好，我以为，专家说了不算，读者说了算。

很久没有被文字本身打动了，直到最近读到《秋园》，一位普普通通的老人，70 岁开始写自己的母亲。她站在厨房里，每天抽空写几笔，写母亲的困苦、绝望与挣扎。文字有用吗？有用。没有文字记录的生命是单薄的。杨本芬在序言中说："我知道自己写出的故事如同一滴水，最终将汇入人类历史的长河。"但如果没有这滴水，生命就白白蒸发了，只是无意义地活。杨本芬的文字平实，叙事简单，却有一种朴素的力量，直击心灵的力量。

马克·吐温说："历史不会重演，但总是惊人的相似。"秋园的生活大概可以代表一代人，那些战乱中颠沛流离，新中国成立后穷困潦倒的普通人，他们在中南腹地挣扎求存，求来的也仅仅是生存。整理遗物的时候，之骅在秋园的棉袄口袋里发现了一张纸条，上面写着：

一九三二年，从洛阳到南京

一九三七年，从汉口到湘阴

一九六〇年，从湖南到湖北

一九八〇年，从湖北到湖南

这一段出现在全书的最后，读到这里我的眼泪涌出来。短短四十来个字，涵盖了一个人的一生。如果有墓志铭，我们会写些什么呢？

秋园生在洛阳，读过几年私塾，人生中最懵懂而惬意的日子，大概就在洛阳。秋园在南京出嫁，婚姻是一个女人一生中最重要的转折点。彼时的秋园应该没想过，自此接踵而来的是急转直下的人生。战乱年代，人人自危，命运多舛。丈夫仁守放心不下老父亲，带着她转道去了湖南，从此便扎根在穷困潦倒的家乡。秋园一夜之间从大户人家的闺女变成乡野村妇。土改、解放、饥荒，他们一家永远在饥饿中挣扎。有如一场恶性循环的噩梦，他们接连生了四个孩子，生活越来越窘迫。

两代人的困苦蕴含着生生不息的希望。要读书，之骅一遍遍地对儿女说："等你们长大了，要读大学。"那时候，在那个小县城，连老师都不知道有读大学这回事呢。秋园认为读上了书，自家的孩子才有自食其力的希望。为了读书，全家人付出的代价很大，他们不得不分离，四处寻找生的希望。

仁守早逝，秋园外出求生，随波逐流去了湖北。由于当地清退外来户口，改嫁便成了秋园唯一的生存手段。所幸遇到好人，秋园过了几年舒心的日子。然而命运就是如此滑稽，你以为吃够了苦，生活就会善待你吗？并不会。人生过半，秋园的儿子却溺水身亡。少年丧父，中年丧偶，晚年丧子，人生三大悲事都让她摊上了。

秋园活到八十九岁，终老于湖南，她失去记忆，带着疼痛死去了。她的女儿之骅写下了自己妈妈的一生。杨本芬的小说是对之骅记录的再创作。她引用了福克纳小说《我弥留之际》里，艾迪的父亲常说的一句话："活着的理由，就是为了过那种不死不活的漫长日子做准备。"那些社会底层的人们，在命运的洪流面前是如此无力，直到他们拿起笔，真正的救赎方才开始。谁说读书无用呢，读书是秋园和之骅的信念，是困苦日子里的一道光。要读书，要让孩子们都读上书、读好书。

我想，我们也是一样。

中田有庐　疆埸有瓜

有的书，明知道读不懂，还是要读，一遍不行，那就两遍。

金桂飘香的季节，连续跑了两次北京。不知从什么时候开始，逐渐爱上了高铁时光。每一次出行伴随着不同的心情，时而期冀，时而失望，时而犹豫，时而坚决。未来像放满了骰子的盒子，红色又空洞，你不知道会抽中什么。有的目标完成了，有的计划在蹉跎，有的希望破灭了，有的结果很圆满。很多事你明知道结果，还是得做，毕竟这就是人生。柯希莫说："许多年来，我为一些连我自己都解释不清的理想活着，但是我做了一件好事，生活在树上。"

一声叹息的最高境界是什么呢？谁也说不清。伟大的卡尔维诺只怕也是有遗憾的吧，他最终没能活那么久，与诺贝尔文学奖失之交臂。《树上的男爵》是他人生三部曲中的一部。这是一个奇幻的故事，充满了想象力。一次倔强的反抗，让柯希莫从十二岁起就决定永不下树。从此，他一生都生活在树上，却将生命更紧密地与大地相连。他每天从一棵树到另一棵树上漫游，却恪守文明社会的礼仪。他从大地抽离，转换全新的视角去观察地上行走的人们。他大量地读书，投身那个时代的运动，积极地参与生活与社交，甚至谈恋爱。他始终认为，为了与他人真正地在一起，唯一的出路是与他人疏离。

树上的人同样经历过烟火人生，他爱上了女骑士。柯希莫除了期待她的到来，还有另一种期待，他希望她能满足他内心的需要，唤起一个几乎淡忘了的熟悉印象，一个只剩下一种轮廓、一种色彩的记忆，并希望能使其余的记忆一起重新浮现。那几乎是我心目中关于爱情最美好的画面。薇欧拉骑着白马在田野上奔跑，看见了出现在蓝天和树叶之中的男爵，她立即从马鞍上站起，抓住斜生的树干，顺着树枝爬上树，跟着他到处转悠。

幸福如同旅行，最美好的瞬间是期待，一旦成行，只不过是按部就班地领略美景。当激情散去，理智便占了上风。我们生活在树下，女骑士也是，她需要生活在人群里。普通人都需要生活在人群里，需要社交，需要吃瓜，需要排解寂寞。而柯希莫不是，他在树上写书，写法规，给伏尔泰写信。他替大家着想，而我们只爱过日子。

教科书上说这部小说探索了物质社会里个人认同的迷失，而我更愿意把它看作一个有趣又深刻的奇幻故事。中甲有庐，疆埸有瓜，是剥是菹，献之皇祖。终南山下，令民皆为禹。感恩惜福，普罗大众就过普罗大众的人生。遵从主流不是平庸的表现，也不是消极被动。总有些天赋异禀的人，需要去承担更大的责任。而普通群众，可以选择成为有趣的人，在没有选择的情况下选择活得更开心点儿。

每个人的局限性

每一个人都有局限性，伟大如斯蒂芬·茨威格也不例外，他笔下的伟人们更是如此。

《人类群星闪耀时》是斯蒂芬·茨威格最伟大的作品之一，事实上茨威格有很多伟大的著作，比如《一个陌生女人的来信》，但是为名人写传记占据了他人生的大部分时间，似乎更有价值，也成就了他的盛名。有的人有思想，但是说不出来；有的人能说但是写不出来；有的人能说会写，但是与伟大人物没有真实意义上的交集。而茨威格集多重元素于一体，某种意义上他的成就也与他的观点不谋而合，命运攸关的时刻往往充满了戏剧性，在个人的一生及历史的进程中都是难得出现的，是某种程度上的机缘巧合。

《人类群星闪耀时》是一本人物传记，特别之处在于，涉及的每个人都着墨不多，重在对特殊时点的刻画。茨威格将一些影响世界进程的重要事件从整个历史长河中提取出来，称之为群星璀璨。茨威格也是有局限性的，这些人物的选取带着明显的个人痕迹，比如文学家居多，俄国苏联人居多，这些都与他的个人经历有关。某种意义上，那个阶段的历史与斯蒂芬·茨威格互相成就，他让群星更加闪耀，而这本书，也让他成为群星中不可或缺的一颗。

茨威格的写作视角和写作方法让人惊叹，比如他写拿破仑的滑铁卢战役，这么盛大的战争场面，牵涉无数人的身家性命，他只用了短短20页，主角甚至不是拿破仑。他写了一个平庸的主帅格鲁希，在拿破仑的伟大战斗计划里，这个人负责在大军无法全歼对方的情况下，听到命令以后追击对方的游散部队以防止死灰复燃。正是这个平庸的主帅，一直在胆小刻板地等待命令，以至于错过了成为压倒大象的最后一根稻草的机会。伟大事业降临到渺小人物的时间，仅仅是短暂的一瞬，它绝不会再恩赐第二次。但如果仅仅看各大书商摘抄出的名句，"这种时刻可能集中在某一天，某一时，甚至常常发生在某一分钟，但它们的决定性影响却是超越时间的。"你一定会以为茨威格想突出的是拿破仑的英明决策决定了世界的走向。但是你错了，命运只是喜欢这些狂暴任性的明星人物，这些人和命运本身很相似，都是一样的不可捉摸。

全书风格并不统一，写列夫托尔斯泰的时候茨威格甚至用了剧本的体裁，总的来说比较主观随意，他想突出的也都是一些戏剧性的瞬间。某种意义上，在茨威格看来，那些日复一日的努力，付出，谨慎，克制，可能都不如命运随意写就的一笔。有些场景给我印象深刻，比如，为了躲避妻子带来的窒息，托尔斯泰带着一名医生连夜从家中出逃，最终死在了站台旁简陋的房子里。君士坦丁堡有个平时供市民出入的小门，在伟大战役开始以后，无数战士为了守候大大小小的关口，付出生命，而这个小门却被土耳其人无意间发现了，他们大大方方地走进来，给了罗马人来自后背的致命一击。

绝大多数人的生命是无意义的。每个伟大的人也都有自己的局限性。正如茨威格所说，一个人生命中最大的幸运，莫过于在他的人生中途，即在他最富创造力的壮年之时，发现自己的人生使命。虽然这样的人少之又少，但在浩渺的历史长河中总有星光璀璨的几颗。巴尔沃亚就是其中一位。作为一个准授权的都督，他克服了重重困难征服了未知的海洋，我能想象他看到未知海域时激动畅快的心情，这是人类的第一双眼睛，曾同时看到过环抱我们地球的两个大洋。但在到达之前，他让整个团队停止前进，独自一人攀上了顶峰。命运可能让你一无所获，但如果你没有准备和安排，即便给了你机会，获得的那个人也未必是你。

我在想，如果有上帝，它多半是个老顽童。就像小时候我们蹲在地上看疲于奔命的蚂蚁。我们随便一指，就改变了一只小蚂蚁的行进方向，可能上帝也是，它并没有多想，只是觉得很有趣。

无数个大人物有无数让人意想不到的结局，不知道茨威格在选择自杀时，有没有同样的伤感和唏嘘。

从简·爱到罗切斯特

儿子进入初三，推荐读物之一是《简·爱》。我看他放在手边迟迟不读，忍不住催促了一通。儿子表示自己最讨厌爱情故事，他拿出他的教辅书问我："你读过，那你说《简·爱》讲了什么？"

这一句两句可说不清，我噎住了，不太自信地答道："一个伟大的爱情故事？"

他得意地说："你看看，你都不知道，还教我。"

我只好再问："那到底讲了什么？标准答案是什么？"

他说："一名英国妇女追求自由与尊严的故事！"

我无言以对，回想上一次读应该也是在中学时代。十几岁时的自己，懵懵懂懂，对感情之事不甚了了。我所在的初中班上有三对同学后来成为终身伴侣，而我居然一点没看出来。多年后同学聚会时大家说起，我大吃一惊。当时的心境与现在完全不同，想必读书感受也不尽相同，不如索性再读一遍，至少能掌握与儿子对话的窍门。

是爱情还是抗争

说《简·爱》是一个伟大的爱情故事肯定不能算错，要说简是英国妇女与命运抗争的代表人物当然也对。《简·爱》是英国女作家夏洛蒂·勃朗特的代表作，里面有她自己成长的影子，算半部自传。作家写自己，多少经过美化。简·爱的人物形象，尤其是精神面貌，几乎是完美的。简·爱长得不怎么漂亮，自小在舅妈家寄人篱下，她胆怯自卑，也天真率性。表哥约翰骄蛮任性，总是欺负她。无论表哥有没有错，全家都护着他，因为他是唯一的男丁，也是遗产继承人。简·爱与命运的抗争从与表哥的争执开始。约翰粗暴地打了她，下人们劝她要忍耐，要牢记自己的身份。她甚至没有回手，只是用尖叫表达愤怒就被关进了小黑屋。此后，她与舅妈进行了一场争吵，对她来说，这也是人生中的第一次战斗。她体会了胜利的滋味，也感受了顶撞长辈带来的沮丧。简·爱很小就明白，自由往往需要付出代价。简·爱在舅妈家的生活夏洛蒂只用了四章交代，却是很重要的部分，正是这段生活经历促使她走上了追求自由之路。

以今天的眼光来看，简·爱所谓的自由不过是在劳渥德学校学习、在桑菲尔德做家庭教师，以及去圣约翰家做助教。但要知道那是十九世纪中叶，英国妇女在社会上并没有获得平等的地位，绝大多数妇女仍需依赖丈夫或者家族中的男性生存。夏洛蒂在写

《简·爱》的时候，对她的两个妹妹说："我要写一个女主角给你们看，她和我是同样的貌不惊人和身材矮小，然而她却有不同寻常的气质。"夏洛蒂显然没想过妇女解放这么宏大的课题，她创造的是一个普通女性的个人奋斗故事。简·爱通过努力学习掌握知识，然后登报求职，成为桑菲尔德府上的一名家庭教师，她依靠自己的一技之长谋生。她从未因罗切斯特的富有而另眼相待，她对他不卑不亢、友好坦率。甚至她意外继承了遗产也主动提出与亲戚平分，她追求的不是财富，而是尊重与感情。再次读完，我认为教辅书写得没错。爱情只是简·爱人生中的一小部分，作为反抗者她散发出的人性光辉确实占据主导地位。

小时候渴望成为简

初中时的我一心只读圣贤书。现在已经不记得当时的阅读感受，想必从小自卑的我自觉代入了女主简·爱的角色中。回想起来，那些年女生们追捧的言情小说，琼瑶也好、席绢也罢，谁写的故事都脱不开《简·爱》这个"霸道总裁爱上我"的故事类型。谁不向往简·爱开挂的人生呢，她出身贫寒，却意外继承了巨额财产；她其貌不扬，遇到的每个令人心动的男人都唯独只爱她。只要她努力，她就能拥有一切。十年寒窗，让她拥有了可以养活自己的收入，和选择拒绝的自由。在发现罗切斯特先生已婚，却依然不惜牺牲一切与她结婚后，她自尊自爱，转身离开。面对"正人君子"圣约翰的求婚，她遵从自己的内心，只愿以助手和妹妹的身份与他同行。简·爱虽然身份卑微，内心却无比骄傲。

三十年后再读《简·爱》，我对简这个人物完全无感。她一直在拧巴中生活，幸好夏洛蒂一笔点睛给她设计了一个圆满的结局。她在反抗社会的同时也在反抗自己，这种纠结的情绪很难让一个人得到内心真正的平静。这一点通过夏洛蒂本人的真实人生可以得到验证。夏洛蒂曾在布鲁塞尔一所由贡斯当丹·埃热夫妇办的学校工作，她在埃热先生的引导下阅读了大量的法国文学作品并对他产生了微妙的感情。这种绝望的爱情给了她很大的痛苦。她把对生活的不满，和对身边某些人的嘲讽都写在了书里。无论夏洛蒂如何描写歌颂伟大的爱情，客观上简·爱通过与罗切斯特先生的结合融入了她一直痛恨的人群里。人是立体又复杂的，完全光明的形象反而让人心存警惕。现实生活中我大概率会对简这样的人敬而远之。

多数人成了罗切斯特

虽然罗切斯特先生是《简·爱》中的男主人公，夏洛蒂却着墨不多。夏洛蒂擅长景物描写和心理描写，她将较大篇幅交给了简·爱的内心独白。全书三十七章，罗切斯特先生直到第十二章才出现。一直以来传统的看法都是把罗切斯特看作专制霸道的代表。诚如简·爱初次见面对他的评价"他既粗暴又变幻无常"。同时他又是一个骄傲自负、脾气古怪的人。他让简·爱试弹钢琴却粗暴打断，他对简·爱的画作质疑并给予苛刻评价。小时候我不明白简·爱这么完美的人为什么会喜欢他。

现在来看，罗切斯特先生有我们身边某些人的影子。他是次子，在当时的社会观念里没法继承父亲的财产。在父兄的撮合下他娶了西班牙富裕家庭的女子伯莎。遥远国度的盲婚哑嫁，让他无从得知伯莎的精神状况。在得知真相后，他把疯癫的老婆秘密安排在桑菲尔德庄园里，然后浪迹天涯。风华正茂的年龄，他四处谋生、寻欢作乐。他混迹于上流社会的社交场合，在喧哗中享受女人们的眼神崇拜。人声鼎沸掩盖了他的寂寞，他虽然家财万贯却不幸福。人到中年，他遇到了简，一个单纯而倔强的女孩子，她既迷恋他，又不卑不亢，让他恍若重回青春。还有什么比纯粹的仰慕更值得珍惜呢？他欺瞒自己的婚姻状况，他不顾一切带走她试图拥有她，而内心深处的善良又让他无法抛弃前妻，他照顾费尔法斯太太，抚养阿黛尔，他的一切行为都符合逻辑。他才是真正遵从内心的那个人。这世界上从来就没有什么自由，每一个自由都有前提。简·爱走后，罗切斯特既没有崩溃，也没有去追寻，他有他的羁绊与责任。不管怎么说，能真实地面对自己，接纳命运的安排至少算是个勇敢坦率的人吧。

临近中考，儿子的时间紧张，他用几个小时匆匆地翻完了《简·爱》，只对我说了一点想法："我觉得吧，那个罗切斯特就是个渣男，他老婆刚死就跟简·爱结婚了，我觉得他有问题，反正，我以后肯定不会这么做的。"说完他又补了一句："不知道以后会不会变，至少现在我这么想。"

喝再多的鸡汤也过不好这一生

儿子放学回来对我说："完了完了，英语模拟考试没考好，尤其阅读理解错了很多。"我心下不以为然，初中英语的阅读理解能有多难？我还真不信了。我嘱咐他把试卷拿来我做。半小时过去，文章大致看懂，但具体到做题又似是而非。思考良久写下我的答案，与他热烈讨论一番。第二天放学，他告诉我，我选的大部分都错了。那一刻，我不再试图教导他，打算放手。

教育是一个充满遗憾的过程，没有标准答案。我常常想，关于孩子的教育，应该这样，应该那样，但具体落到儿子身上，往往走了样。孩子是一个有思想的个体，他在不断成长，一天一个变化。我暗忖既然我说的他未必听，不妨借别人之口说给他听。我开始把公众号上看来的小视频转发给他，心想等他空闲的时候总可以看看吧。然而，大多数时候他直接忽略。儿子说："你不要再发这些心灵鸡汤了。"我惊觉，在儿子心目中，我变成了不断推送养生知识的我妈。

这两天在读初三年级语文补充读物，美学大师朱光潜在新中国成立前所写的《写给青年的十二封信》。朱光潜先生先后替开明书店的《一般》和后来的《中学生》写稿，后编印成辑作为《写给青年的十二封信》出版，畅销全国，影响很大。很多读者将自己的见解写信与先生探讨，他又另外撰文回复。他的文笔优美精炼，说理明晰透彻，见解独到精辟。更重要的是，他学贯中西，很多观点基于对哲学、美学的深刻理解，博观而约取，从理论的高度阐释了生活中的基本事理。一书读完颇受启发。

朱先生的话题宽泛，有些篇章中的观点放之四海而皆准，比如关于读书、动与静、作文等，大多于我心有戚戚焉。先生谈到读书，建议多读经典，并推荐了许多经典读物。关于读书方法，先生提了两点，一是值得读的书至少读两遍，第一遍快读，着眼通晓宗旨与特色，第二遍慢读，以批判的眼光去读。二是要记笔记，记录精彩之处与自己的评论，找适合自己的书与读书方法。谈到动，先生建议人要充实起来，把自己安排好，比如除尘打扫、参加运动、养花弄草，用"动"去疏解心情。与此同时，心灵要"静"，只有心界空灵了，才不觉得物界喧嚣。不论忙闲，要学会从安静中领略趣味。关于作文，先生赞同既要临帖又要写生，模仿是基础，要不厌其烦修改，要勤做描写文和记叙文。先生访问了巴黎卢浮宫，惊叹于中世纪的"美"，更惊叹于中世纪的"慢"。先生认为"效率"绝不是唯一估定价值的标准，尤其不是最高品的估定价值的标准。我也认为，无论成功与否，付出的努力都自有其价值。先生说"摆脱"十分经典，街头那纷纷群众忙的为什么？为什么天天做明知其无聊的工作，和明知其无聊的朋友们假意周旋？都是"摆脱不开"。因为人人都"摆脱不开"，所以生命便成了一幕最大的悲剧。

有些篇章，中学生可以花时间深读，比如谈多元宇宙，升学与选课，情与理，人生与我。先生认为如果人生的每个方面发展到极点，都自有其特殊宇宙和特殊价值标准。比如"道德宇宙"与社会俱生，因有法律存在，不能以利己的欲望妨害他人；因有道德存在，须尽心竭力使他人享受幸福。"科学宇宙"的价值标准则只有真伪，而"美术宇宙"是自由独立的，衡量标准唯有美丑。此外先生认为恋爱自成宇宙，衡量标准只论是否纯真，而不能问是否应该。恋爱是人格的交感共鸣，所以恋爱真纯的程度以人格高下为准。先生关于恋爱的观点在情与理中有进一步阐释，他引证了心理学大师边沁的乐利主义和墨孤独的动原主义，赞同行为的原动力是本能与情绪，不是理智。但他同时赞成孔孟的仁义之说，"仁者心之德，义者事之宜"，"仁"胜于"义"，问心的道德胜于问理的道德。

先生说到升学尤为尖刻，这么多年过去了，似乎也没有很大改观。"现代中国社会还带有科举时代的资格迷。比方小学才毕业便希望进中学，大学才毕业便希望出洋，出洋基本学问还没有做好，便希望掇拾中国古色斑斑的东西去换博士。学校文凭只是一种找饭碗的敲门砖。"遗憾的是，先生也提不出好的解决方法。只是说求学应当选择诚恳的良师和爱的益友，选择符合自己兴趣的学科，尽可能宽泛一些。中学是打基础，大学的头一两年应当多选课，在精力时间许可的范围内力求多方面的发展。但有一点，先生的观点深得我心，做学问，做事业，在人生中都只能算是第二桩事，人生第一桩事是生活。是"享受"，是"领略"，是"培养生机"。

教育是一个不断印证的过程。我用我的青年时代印证了朱光潜先生的正确，但假使我在青年时代读了这十二封信，真的会选择不同的道路，将人生变得更好吗？我扪心自问，恐怕不会。我大概率会按照朱先生的说法，在情与理的制衡中复刻如今的生活。喝再多的鸡汤也未必能过好这一生，期待心灵鸡汤能改变下一代的轨迹，未免痴心妄想。我听从了老公的建议，克制住将励志鸡汤文转发给儿子的念头，努力控制好我自己。我想，还是把生活交由孩子去领略，保持好自己与他的距离，不远不近，尽力就好。

《世说新语》为什么值得推崇

听说初三年级指定读物有《世说新语》，我第一时间去了大众书局。二楼的中庭有一整片区域是中学语文推荐读物，各种版本琳琅满目。我傻了眼，不知道该买哪种好。人民文学出版社的《世说新语》封面上写着教育部统编《语文》推荐阅读丛书，同时又以描金字体写着经典名著口碑版本。我想，大概不会错吧，于是一并挑了几本书带回去。

真正打开阅读已是半年后，我再一次傻眼了。这个号称为广大学生课外阅读提供服务的版本是纯文言的，只是在每篇后面加了一些关键字的注释，甚至没有译文。我咨询了一些朋友，果然还有其他推荐。普遍推荐的版本是人民教育出版社，封面写着名著阅读课程化丛书，还配套了一册实战训练一本全。这个版本果然省力了许多，译文注释一应俱全，还有配套的习题和标准答案。从应试的角度，尤其作为初三下学期的课外阅读，人教版的《世说新语》相对直击重点。

此外，两个版本选篇不同，比如人民文学版本中德行第一篇选了第1、3、4、11、13、23、25、44小节，而人民教育出版社同篇选编了第1、2、3、6、7、9、11、13、14、15、24、25、31、32、45小节。《世说新语》是南朝宋宗室临川王刘义庆组织编纂的一部笔记小说，主要记载魏晋时期的各种趣闻轶事，每节都是一个独立的小故事，可见差异还是非常大的，版本对阅读的影响很大，建议咨询孩子的语文老师后再购买。

《世说新语》我也是第一次认真去读，读完发现大多数小故事都很有趣。刘义庆将这些故事分类整理，分为三十六门，包括德行、言语、政事、文学、方正、雅量、识鉴、赏誉等。主要记录了当时一些名士的言谈举止，因此又被鲁迅先生称为一部"名士底教科书"。

什么是名士呢？冯友兰先生曾经给出四条标准："玄心、妙见、妙赏、深情。"《世说新语·任诞》中有一节专门说到名士。王孝伯言："名士不必须奇才，但使常得无事，痛饮酒，熟读《离骚》，便可称名士。"也就是说有闲有酒便是风流。在我看来，《世说新语》推崇的魏晋之风是当今社会人人向往而不可得的自由，讲究的是性格率真、行为练达、不卑不亢、随性而为。

鲁迅先生曾经专门讲过魏晋风度。在他看来，汉末魏初是一个很重要的时代，在文学方面起了重大变化。世风民情不能仅凭历史去判断，历史记载有时是极靠不住的，某朝的年代长一点，必定好人多，因为做史的是本朝人。而某朝年代短一点，则往往坏人多，下一代去写前朝，往往贬损的多。从这个角度上说，《世说新语》在文学和历史上都有重大意义。

从《世说新语》中可见当时社会的风俗礼法，比如德行第1节讲到陈仲举言为士则。举了个小例子，陈蕃出任豫章太守时，一到地方，就打听当时著名的隐士徐稚的住处，想要前往拜访。主簿禀报说："众人的意思是希望您先进官府。"陈蕃回答："周武王即位后连座席都没坐暖，就立刻去贤人商容家中拜访。现今我要先访贤人，又有什么不可以呢？"礼贤下士为世人推崇，直到今天仍然是官员的行为准则。类似的小故事在《世说新语》中有很多，文字让约定俗成的行为固化下来，成为中华文明的德行规范。

总的来说，魏晋时期的道德标准相对包容，并非一味地道德绑架。比如两个版本不约而同选编的德行篇第13节。讲的是华歆、王朗一起乘船避难，有一个人想搭他们的船，华歆马上对这件事表示为难。王朗说："幸好船还算宽敞，有什么不可以呢？"后来贼兵追上来了，王朗想要丢下刚刚搭船的人。华歆说："我原本担心的就是这种情况。既然你已经接受他托身的请求，怎么可以因为情况紧急就抛弃他呢？"于是仍然像开始那样带着他并帮助他。当时的人用这件事来判断华歆与王朗的高下。既量力而行又有诺必践，反映出百姓淳朴的价值观，理性判断后的道德约束，而非一味地上纲上线。

从《世说新语》中可见名士们无可奈何的自由生活。编者刘义庆是个不大不小的官，曾任丹阳尹、荆州刺史。他组织一批文人编撰的笔记小说主人翁还是以点得出名的官员为主。魏晋时期是中国历史上的大分裂时期，统治集团内部派系之争严重，外戚势力和宦官集团你争我夺、互相倾轧。熟读经史的官员们，对局势有了普遍的基本判断，对在朝为官的下场既惧且怕，不少有识之士索性辞官隐匿。比如识鉴中有一篇写到张翰，刚被齐王任命为东曹掾，便托称因思吴中菰菜羹、鲈鱼脍，曰："人生贵得适意尔，何能羁宦数千里以要名爵！"遂命驾便归。"竹林七贤"只怕也是想建功立业的，奈何环境不允许。"声无哀乐论"及"养生论"等便成了这个时期重要的玄学话题。西晋著名诗人左思说："世胄蹑高位，英俊沉下僚。"可见阶级分化已然形成，名士们无能为力，只能选择逃避。

无论主观逃避还是客观风雅，当时的名士气度还是令人向往的。比如任诞中的《王子猷居山阴》。雪夜酒酣想起戴安道，便立刻夜乘小船前去。经过好几天才到对方家里，居然不见而返。人问其故，王曰："吾本乘兴而行，兴尽而返，何必见戴？"千载之后，当我读到王子猷的随性而为，仍然觉得很有趣。《世说新语》中处处可见关于酒的描述。借酒浇愁是文人应对乱世的最好办法，王忱说："阮籍胸中垒块，故须酒浇之。"张翰说："使我有身后名，不如即时一杯酒。"阮姓皆能饮酒，不复常杯斟酌，以大瓮盛酒。苏峻之乱中，一个小小的差役也说，使其酒足余年毕矣，无所复须。自古以来，儒家学说倡导修身、齐家、治国、平天下，仕途是唯一正道，而《世说新语》中的魏晋名士则弃之不顾，高吟以饮酒行乐为人生之目标。无论是主动还是被动，这种放任自带美感，终极表现为嵇中散临刑不惧，索琴弹之，奏《广陵散》的从容。全书读罢，与古人多有戚戚，譬如殷云："我与我周旋久，宁作我。"

从《世说新语》中更可见文学艺术与精彩评论。比如在文学篇中记述，谢公因子弟集聚，问《毛诗》何句最佳。遏称曰："昔我往矣，杨柳依依；今我来思，雨雪霏霏。"两句诗出自《诗经·大雅·抑》，可见《诗经》为时人推崇。此外，书中对老子、庄子、圣人常有提及，名士高人的著作如裴成公作《崇有论》、刘伶著《酒德颂》、庾子嵩作《意赋》等也一一给予点评，可说是一本横跨文学界、书画界及评论界的百科全书。

有些篇章随着时间的流逝有了变化，比如著名的曹植七步诗。我记得清楚，小时候背的课文是"煮豆燃豆萁，豆在釜中泣。"而文学六十六篇中是；"萁在釜下燃，豆在釜中泣"不知道哪个正确，恐怕只能以考试答案为准了。

总之，《世说新语》是一系列非常短小的故事，有趣又好读，千万不要等到初三来读。中考生课业繁重，基本没有时间广泛阅读，只能抽空草草翻翻。建议小学或初一开始作为枕边书，每天读几个小故事，写作文举例子也用得上。可惜我家的学童已经来不及了。

附 录

我也在秘密生长

幸福是什么？

亲爱的虫虫：

　　最近我在读一本书，作者是哥伦比亚作家艾玛·雷耶斯，书名叫《我在秘密生长》。她说："我好想给我的孩子讲故事，但我又怕这些，我怕那些瑰丽的，神奇的，充满温情与想象的场景，终有一天给他带来巨大的悲伤。"

　　亲爱的虫虫，我也在秘密生长。成为你的母亲，是我人生中的第一次，这些年来，做得很不熟练。从小在父母的宠爱中长大，他们替我做了人生中大部分重要决定。我按照程序行走，略有偏差，他们就及时拉我回来。自从有了你，你总是仰着脸问我们，下面我该做什么？嗯，其实我也不知道，但是我会在脑子里迅速转个圈，然后故作镇定地告诉你。我尽量不动声色，不让你发觉我也是个孩子。

　　你第一次去幼儿园，因为没法安安静静地坐着，被老师骂了。小小的你哭得那么伤心，我无能为力。小学时总是被体育老师当众点名，有一次他威胁大家，你们再不遵守纪律，我就会这么做。然后他穿过长长的走道，停在我面前，在哄笑声中把我举起。我想，我知道你的恐惧、惊慌与难过。

　　我的父母教我要好，要对人好。遇到伤心难过的事，父亲总是对我说，你是大人了，要学会承受。可是他没有告诉我该怎么做。Virtue and happiness（德福），学校和家长教会我们德与行，幸福却让我们自己去领悟。这些年来，我悟到的不多，有更多的疑问，想对你说。

　　长大是一件扫兴的事。新鲜事儿寥寥无几，而糟心事儿却层出不穷。有一次乘飞机看到一部外国片，名字我记不清了，只记得是英文字幕，翻译让人叫绝。一个女人平静地对朋友说，我很难过。字幕却是"I am fine."没错，成长就是把哭声调成静音的过程。

　　很多个夜晚，我都在给你写信，跟你对话。既是写给你，也是写给我自己。我慢慢地发现，虽然开心的事没那么开心，可是不高兴的事也没那么不高兴。余华说过，活着就是去忍受生命赋予我们的责任，去接受现实给予我们的幸福和苦难、无聊和平庸。日子一天天滑过，看似平淡如水，却有滋有味。很庆幸，在千万个可能性中，我遇到了你。神说："要有光。"就有了光。

　　而你，就是我的光。

你的妈妈

2019 年国庆 70 周年前夕 在办公室

该如何控制情绪？

我的小甲虫：

好久没有出差了，给自己做了很久的思想动员。你在做什么呢？我猜有几斤重的作业在等着你。刚想打个电话，转念又放弃了。喜欢你满面笑容的样子，大叫着向手机屏幕扑过来，圆圆的脸庞迅速占满整个屏幕。还是不打了吧，作业是个难题，情绪控制是个更大的难题。这段时间，我总是小心翼翼，寻找你情绪转换的间隙，尝试在最合适的时机跟你对话。一个电话，或许就让你的节奏乱了。

同在江苏，连云港距南京 4 小时车程，不通高铁。有时候我在想，人与人之间的距离就是个相对论。你离我很远，仿佛就在身边。而身边的人很多，大家热情寒暄，多数却互不相识。

这个培训中心在连云港花果山大道，换作几年前你大概会问孙悟空在哪里？我也想问。好像突然之间你就长大了，很难用一个时间点去划分。你总是一再追问我各种稀奇古怪的问题，我迅速启动应答模式，像脑筋急转弯。大部分问题我认真想，想不出来就含混敷衍，你再转去问你爸。从什么时候开始，你发现了我的敷衍，又是从什么时候开始问题变少的呢，我已经想不起来。

中秋刚过，月正圆，孤清地高挂在天边。偌大的操场上只有我，这个培训中心有几百名学员，出来锻炼的却没有几个，他们都在做什么？我围着操场一圈圈地跑步，塑胶跑道弹性十足。身体中释放出多巴胺，心情也跟着舒畅起来。

这个月开始，你正式进入六年级，作业呼啸而来。你却不急不躁，像换了个人。从一年级吼到五年级，突然无事可做，我有点无所适从。这个周六，你早早地跟着爸爸的电动车走了，余老师英语、伍老师语文，再加上一节学而思，到家已是傍晚。我去厨房寂寥地做了早餐，草草地吃了。再去做个美容吧，下午不妨读读书，这个周六过得心猿意马。长久以来我苦苦期盼的自由，真的来了，却不是我想要的模样。晚餐前，你已经可以把全部的作业完成。小心翼翼地问我们还要做点什么，我不太适应这样的转变，你开始学着控制自己的情绪。

然而，情绪控制始终是个难题，作业量一旦超出预期，你就爆发。我唯有察言观色，适时调节自己。小家庭里只有三人，每个人的情绪波动都会带来气压改变。费孝通曾经说过，中国人的社会关系是私人联系的增加。最重要的亲属关系是丢石头形成的同心圆波纹，而周遭的每一个人被圈子的波纹所推及。那么你于我，是被包裹住的柔软圆心。你就是我的蝴蝶效应，决定我一整天的心情。

我想，一会儿还是要打个电话的。等到临睡前风平浪静的时刻。

妈妈

2019 年中秋后于连云港

到底该学点什么？

亲爱的虫子：

你又在写作业了，而我在给你写信。我们面对面坐着，各自做自己的事。自从你上小学，这似乎成了我们之间的常态。我们以自己的模式相处，你坐不住，作业又多，难免烦躁不安，我便坐在一旁陪读。说来也怪，我性格外向，从小贪玩，自动切换进入陪读状态，似乎很快也就适应了。

你们的作业比我们当年多了太多，很多知识都是我在初中，甚至高中才接触到的。三年级时你被鸡兔同笼、勾股定律搞得头昏脑涨，我也一样。好几次，你绞尽脑汁还是想不出来，捧着练习本来问我。我一本正经地对你说，学习是你自己的事，把课听好、弄懂、学透，还不懂的去问老师。嗯，我没告诉你的是，我并不想把这些无用的知识再学一遍。慢慢地，你形成了习惯，数学上的难题去找爸爸，语文和英语上的问题来问我。小时候什么科目都要学，并且要考高分、争排名，因为每一门功课都会成为将来大考的短板。而现在，我只学得进去我喜欢的。为了能静心陪你学习，我去报了法语班、书法班，开始认真写作。法语和写作都能坚持，书法却三天打鱼两天晒网。归根结底，还是兴趣所在。

一个人的爱好才是终生事业。到了你们这一代，前25年在学习，后25年在工作，之后的25年、30年甚至更久的时光都将在爱好中度过。做喜欢的事才能发自内心、不厌其烦，整个人会发光。

有时候我也在想，我们到底选对了没有？每放弃一个辅导班，对你来说会不会都将关上一道门？报班，我们选得艰难、停得慎重。你学过足球、篮球、美术、机器人、书法，大部分浅尝辄止，我并没有找到你的天赋所在。今年开始，因为小升初的关系，所有的课外班全部放弃，变成了课业辅导班。形势逼人，由不得我们。

　　所幸你爱读书，我爱的文学类、小说类你不屑一顾，《二战风云录》《乔布斯传记》你却翻来覆去读了几回。转念一想，爱好是流淌在基因里的，自然会生发出来。那些兴趣班，待升学后再让你自己去选择吧。有时间就多读读书，书里没有颜如玉，但是有别人的人生。日光之下并无新事，我们只有这一生，精彩的、落寞的、成功的、平淡的，他们都经历过并记录过。失败的教训、成功的经验，我们不能告诉你的，或许书里有。关于你的成长，我们能做得不多，无非是陪着你，守护着你，然后远远地走开，观望而已。

虫妈妈

2019 年 9 月 21 日于家中

坚持还是放弃？

我的小青虫：

　　从南京到吴江很周折，说远不远，说近不近，火车下来再坐汽车。转到盛泽已经接近湖州地界。这个小城安静又喧嚣，一路走来，璀璨的灯火逐渐昏暗下来，街道上空无一人，连车厢中的音乐似乎都舒缓起来。

　　我们住在小城中心，熙熙攘攘、灯火通明。今年的计算机比赛在不远的盛泽中学举行。全省的牛娃都来了，满满当当地挤爆了各个酒店。从零起点到参赛，你学了一年。一周一次辅导课，每天练习 1 小时，很辛苦。这一年，其他孩子的空闲时光，你全部用来练习编程。任何一项学业都是枯燥的，随着时间流逝，最初的兴趣被一点点消磨。我陪着你读题，把题目翻译成中文，可是中文我也不懂，那些符号更像是天书。你爸爸负责解题，很多他也不懂，靠你自己摸索。

不得不说，10岁孩子学编程是父母的期望。要把你培养成什么样子，我们并没有把握。同事间比着、家长群聊着，我们随波逐流。有些是你爸爸的心愿，比如足球；有些是我的向往，比如绘画。到底学什么取决于你。你从小热爱机器人，4年以后开始转向编程。这个转折我们纠结了很久，编程是学习和使用基本语言，而机器人是使用现有的模块实现指令。说起来相似，实际上天差地别。最终我们的功利战胜了你的兴趣，因为听说计算机比赛的证书对升学有帮助。一番口角之后，你顺从了我们。你十分努力，然而回报甚微。你在机器人学习中表现出来的优势在那些真正的牛娃面前不值一提。我们知道，你尽力了。

坚持还是放弃，是一个两难选择，坚持下去，意味着大量时间仍将被消磨，放弃意味着之前的努力付之东流。我想了很久，想到了我自己。小学三年级开始在父母的期望中学钢琴，据说最初的几节试课后我表示喜欢，然后就是日复一日的折磨。每天一小时的练琴时间成为梦魇，我在琴谱后放一本小说，一边偷看一边弹，像小和尚念经，有口无心。父亲在中考后同意放弃，很多年后，他告诉我，他坚持陪练风雨无阻是因为担心我考不上大学。那么至少有一门手艺，以后能有口饭吃。

时间流逝，世事轮回，一切皆有定数。今天在这个江南小镇，我面临同样的选择。我们去餐厅吃饭，那些孩子们兴高采烈，一边吃一边对答案，你笑嘻嘻地跟他们闲聊，却不参与话题。我不敢问，思考了很久，决定放弃。

妈妈

2019 年 7 月于吴江盛泽

我是你的谁？

虫虫：

你头也不回地走了，抱着枕头。临出门前的最后一句是，我去跟同学睡了啊！

我气结，被巨大的挫败感淹没。

我睡眠不好。有了你以后，要不停地起身喂你，换尿片。你皮肤敏感，湿气捂久会起疹子，然后溃破。老人们说用尿布好，透气、健康，那么就要勤换。我一夜不停地坐起、躺下，很快就没了睡意。有你的前三年是令人绝望的三年。日夜颠倒、蓬头垢面，家里的每一个人因为爱你而争执，我每天忙于平复各方怒火，身心极度疲惫。很多人都说婚姻的前五年最难坚持，每天都有 200 个想掐死对方的冲动。我没想过放弃，你的笑容是我的药。我以为，你就是我的全部了。

长大一些，每个人都告诫我，该分开睡了。男孩子要培养独立性格，说得都对。然而你稍加恳求，我就乖乖默认，分得困难。我没想到会有这么一天，你头也不回地离开。这一夜睡得艰难，似乎睡着了，似乎又没有。我翻来覆去想了很多。

你长大了，开始形成自己的观点。这次南通港调研，小组里你知识面最丰富。你不断地提问，在大家惊羡的眼神中侃侃而谈。晚餐的间隙，你发表了一通演说。听到其他家长的肯定，你愈发来劲，什么话题都开始往外抛。那些观点当然并不成熟，有的对，有的不对。我开始觉得尴尬，很多我们平常的吐槽，都被你消化吸收成为自己的观点，抛了出来。我在家长们惊讶的眼神中坐立不安。成年人的世界很没劲，我们说一套，做一套。他们说，好棒，这你都知道！我听到的是，这种话也能对孩子说，还让他在公众场合说，你也不管管。我很想解释，我们家里是平等的，只要孩子想到的就可以说。但是我犹豫了，没有说。一种米养百样人，试图去改变别人的观点是徒劳的。他们客气的表情早已表明了观点。

我试着打断你，更加徒劳，最终演变成你对我的激烈反抗，你开始揭发我的种种不是。我震惊又尴尬，你是我的全部，那么，我是你的谁？我并不是我自以为的样子，我的缺点被你一一还原放大。我的教育，失败了吗？我忐忑不安了一整夜。

清晨，你来敲门，兴高采烈地对我说："我们三个挤死啦，小夏说，我的腿压了他一晚，你呢？睡得怎么样？"

我微笑着说："嗯，我睡得也不错。"没错，我们成年人就是这样，说一套，做一套。

口是心非的妈妈

2019 年 7 月于南通

要不要争第一？

虫宝宝：

　　在开始写这封信之前我想讲一个故事。从前，有一只兔子和一只乌龟比赛跑步，兔子嘲笑乌龟爬得慢，兔子飞快地跑着，乌龟拼命地爬，不一会儿，兔子与乌龟之间就落下了很大的距离。别着急，这可不是你听过的那个龟兔赛跑故事。跑着跑着，兔子看到一棵大树。天空正蓝，阳光从树荫的空隙中钻出来，跳上它的脚尖。兔子觉得暖洋洋的，为什么要把时间用在比赛跑步上呢？兔子想，不如舒服地靠在大树上打个盹儿。乌龟努力地爬呀爬，终于超过了兔子，跑向终点。兔子醒了，享受完一段美好的休闲时光，它突然发力，在乌龟即将冲线的一瞬间越过终点。

　　嗯，这是个有点悲伤的故事。有些第一我们永远得不到，但是付出了全部的努力。今天我随口夸了你的同学小顾，她的文章写得很细腻，像个成年人。敏感的你立刻激动起来："你总是说我不好。别人都比我好。"我很注意自己的说话方式，尽量少拿你和别的孩子比较，但心里的焦虑很难克制，难免脱口而出。你越说越激动，我停下来，让彼此冷静。最近你语文、数学成绩都在下滑。你急，我也急。我不知道该怎么跟你讲道理，有些话我说了，有些话只能在信里说。

　　别人优秀，不代表你不优秀。承认别人的优秀，才是优秀的开始。努力向优秀的人靠近，你会更优秀。兔子毕竟是少数，靠近兔子，不代表能够超越，但我们还是要跑啊，毕竟连乌龟都在跑，不是吗？现在的你没有选择，跑道只有一条。你们在跑道上跑，我们在跑道边摇旗呐喊。我想把曾经的奔跑经验告诉你，前方有个弯道，要减速！对手追上来了，快跑！但是我替代不了你，只能在跑道边干着急。我对自己说要克制住唠叨的冲动，尽可能平心静气。

我没告诉你的是，其实跑道有很多，跑着跑着就分岔了，人生并不是一场马拉松，跑到终点也不算赢。通向幸福的小径有很多，正如赫尔博斯一部短篇小说的名字——《交叉小径的花园》，我心目中的幸福正是那样。它散布在迷宫的各个角落，刻意寻找到的未必是幸福，有时候就在不经意的转角。但这条可见的跑道是稳妥的、踏实的，不会遇到大的不幸。我鼓励你努力向前，因为有一点我是确定的，那种实现一个又一个小目标的成就感，是幸福的一部分。

马上就要放暑假了。这是你六年级前的最后一个暑假。小升初大概是你人生中的第一个分岔。要不要考南外，要不要争第一，你自己决定。但只要在这个跑道上，总有第一名，引领大家前进。也许有一天，在某一个小小的领域，你也会成为那只兔子，谁知道呢。乌龟有乌龟的幸福，兔子有兔子的欢喜，但是实现目标的喜悦是相同的，找到你的目标，去实现它。

虫妈妈

2019 年 7 月于家中

时间来不及怎么办？

我的跳跳虫：

我在餐桌上写信，你在屋子里转圈。

"我的钢笔没水了。""我要喝口水。""我得尿尿了！""我要再尿一次！"我头皮发麻。

你学习习惯不好，学习效率很差。写作业十分钟，思想动员半小时，以各种理由出来兜圈半小时。这些年来，我一直在跟你的学习习惯做斗争。好容易听到书房安静了，我悄悄走进去。果然！你咬铅笔头、玩橡皮屑、摆弄台灯，玩得不亦乐乎。

计算机有个术语叫堆栈，所有的数据只能在一端存取，按照先进后出的顺序。用来形容你再合适不过，你的容量只有那么大，做一件事，就做不了另一件，永远无法并行。跟作业相关的指令自动忽略，其他无关杂事立即执行。今天除了学校作业以外，还有学而思作业，此外要跳绳、吃饭、编程、背单词、听听力。我不用问就知道，你先选吃饭。吃饱了也好啊，吃饱了才有力气学习。然后我们就开启了围剿与反围剿运动。我从语文书下面搜出了故事会，从字典旁边找到了手机，从书桌的挡板后面拿到了iPad。跟我斗？哼，这都是老娘当年跟你外婆玩的游戏。娱乐工具全部收缴完毕以后，你开始静心写作业，果然速度快了很多。

为了让你有成就感，我们商量好，每完成一项作业你出来报数，奖赏休息 5 分钟。后来改成每完成 2-3 项作业，休息半小时。我们尝试过很多方法，不断调整。然而作业实在太多。当作业超出心理预期，你采取的方法是拖延。因为你清楚地知道，作业是做不完的。做完眼前，还有更多。

有一段时间，我压力很大，那是你刚上小托班不久，也是我重新全力投入工作后不久。岗位刚刚调整，有太多新同事要认识，很多琐事要处理，无数会议材料要准备，还有很多应酬要参加。

我要保持状态，想挤时间运动、做美容、跟朋友见面。我不懂取舍，想样样求全，结果根本做不到。压力大的时候，我就戴上耳机在小区里奔跑。汪峰嘹亮的声音在耳机中回响，单曲循环。"我要飞得更高，飞得更高。狂风一样舞蹈，挣脱怀抱。"而现实中，我哪里也飞不去，我是你手中的风筝，你牢牢地牵住了我的线。

最近看到一个视频，男记者采访张泉灵，"作为一名女企业家，要如何平衡事业与家庭？"张泉灵怒怼回去，"这个问题的背后本身就是偏见。"正如姚晨在《星空演讲》中所说，"这个时代对女性要求很高，如果你选择成为一个职场女性，会有人说你不顾家庭，是个糟糕的妈妈，如果你选择成为一个全职妈妈，又有人会觉得生儿育女是女人应尽的本分，不算是一个职业。"作为一个女性，我都深深地赞同，但我同时明白，说什么都毫无意义。现实如此，每个人都背负了重重的壳，我无法做非此即彼的选择，只能勇敢面对。在一次极度疲惫的奔跑以后，我想明白了，当事务纷繁而至，我无法做长远打算，只能在眼前的几件事中按重要性排序，然后尽力去做最好未必是最正确的选择。一旦做出决定，就沿着这个方向一心一意地走下去。

对你也是如此，我们执行好每天的计划，彼此鼓励，逐项执行，总有完成的时候。学习虽苦，每个碎片中，总有甜。就快期末考试了，加油吧，我的孩子。

焦头烂额即将爆发的妈妈

2019 年 6 月于家中

幸福到底是什么？（尾声）

亲爱的虫小虫：

今天来医院复诊，牙神经应该是保住了，骨折恢复得也不错，颈椎似乎有点问题，医生让再做个核磁共振。今年似乎有点流年不利，不过还好，人没出什么大事，主要功能都在，算不幸中的万幸。等待拍片的队伍很长，于是我百无聊赖地用手机给你写信。

那天晚上我到家的时候，已是深夜。家里灯火通明，你一定是吓着了，我脸上瘀青，牙断了几颗，下巴上还沾着血迹。姑姑和姑父惊惶地围着我们问车祸详情，你直直站在沙发上，越过一众人头，居高临下地看着我，一句话也没说。这是我们第一次把你独自一人丢在家里，因为爸爸要送我去医院，又不敢告诉公公婆婆实情。姑姑和姑父赶到之前的那段时间不知道你是怎么度过的，我们一直没有聊过这个话题。

两周以后，我们去附近的购物中心吃饭，我问你，当时是不是吓到了，你避而不答，顿了一会儿，忧心忡忡地叮嘱我，"以后你千万要小心点！"我的心里暖暖的。没想到，餐厅里又发生事故。饭吃到一半，我开始觉得腹痛难忍，去洗手间的路上眼前一黑，直直地砸在地上。后来的事情我是听保洁员大妈说的。

"你儿子好能干啊！他拿起手机就打 120，很镇定地说了时间、地点，讲了你大概的情况。你好一点没有啊？还要不要 120来？要不要喝点水？"

你先打了 120，后打了电话给你爸，然后又咨询当医生的姑父，最后坐在我身边反复地对我说，你再坐会儿，我们等等再走。

二十分钟以后，你才语无伦地对我说："你知不知道，你倒下去，摔在那里，又爬起来继续往厕所走，然后又倒在这里，就是这里。以后，不能了，不能这样了。你得去医院看看。"

我听你的，来医院做了全身检查。还好没事，医生说一过性眩晕的可能性更大，再观察。虫小虫，突然间，你就长大了。我觉得踏实、安心，有了依靠。小小的你，散发出无穷能量，你能承受的比我想象的多得多。或许，我们还是会有无穷无尽的烦恼、矛盾和争吵，又如何呢？每个人的心里都住着一个小孩子，我的那个与你同龄，永远长不大。她在观察你，靠近你，努力和你做朋友。你慢慢地长大了，她也在秘密生长，请你照顾好她。

一位日本大作家太宰治说过，"人的一生，就是在爱恨中痛苦挣扎，没有人可以遁逃，只能努力忍耐，请你积极地爱这个俗世，恨这个俗世，一生都沉浸享受于其中吧，因为神最爱这种人了"。幸福到底是什么？我答不出。日子一天天流淌，幸福像流星，一闪而过。我奋力地去抓住它们，有时候遇到了，满心欢喜；有时候错过了，也没什么好难过。谁知道呢，也许，下一颗流星就出现在不久的将来。那些我回答不了的问题，都交给你吧，也许以后你能告诉我。

你的妈妈

2019 年 5 月于中大医院

后 记

在路上

儿子小的时候我们常常带他出去玩，我们把每个公休假都尽可能地与公众假期拼凑起来。一年之中，一家三口朝夕相处最多的反而是出游的时间。2011 年，我们去了美国。从拉斯维加斯去往洛杉矶，是一条笔直的沙漠公路。天地辽阔，风景如画，路边时不时会有几棵奇形怪状的仙人掌，东一簇西一簇地屹立着。老公说，我想停下来看一看。可是假期有限，我们的日程排得很满，日落之前得赶到酒店住宿，好几个造型奇骏的仙人掌都只能遗憾地擦肩而过。我仓促地拍了几张风景，等回到家整理照片，发现其实很普通，没有一张能描摹脑海中的沙漠壮阔。而那些憧憬中的美景，错过，就错过了。

2019 年，从英国旅行回来，我开设了个人公众号"也学牡丹"。计划记录旅行中的点滴感受，以及我和儿子零星的日常生活。然而这三年几乎哪里也没有去。计划永远赶不上变化。我的公众号取名源自于清代袁枚的一首诗："苔花如米小，也学牡丹开。"取这个笔名，既有殷殷勉励，也有默默期许。可是孩子的学习随着阶段的不同总有起伏，同样是计划不如变化快。小时候写作文最常用的开头是时光如白驹过隙，随着一篇篇文章在报纸刊发、在公众号发布，倏忽已是三年。再回头读自己写的文字，一幕一景仿佛都在眼前。这三年无论是儿子，还是我本人都经历了很多，这是我人生中最跌宕起伏的一段时光，也是儿子面对复杂多元的启蒙，完成九年制义务教育的重要时期。他在秘密生长，我也是，压力与焦虑并存。

　　小学六年级，为了不给儿子增加压力，我把自己的焦虑与期待都写在信里。在一次苏电作协的改稿会上，我拿出来投稿并分享，编辑老师很含蓄地说，稿子很好，但是关于孩子教育的写作，未必是一个很好的主题，不建议这么快拿出来，不妨留出一点时间，用时间交换空间。我明白，他的意思是经验需要成功去证明，不成功的经验没有被分享的价值。确实，随着光阴的流逝，一切都在改变。再回首读当年的文字，许多领悟已时过境迁。可是，我始终认为，记录本身就是价值。我们最真实的喜怒哀乐都在路上，而不是终点的那一刻。

　　我们这一代是幸运的，时代造就了我们，给了我们奋斗拼搏的舞台。我有幸接受了最好的应试教育，每个老师都对我说，再坚持一下，等下次考完就可以玩了。工作以后我也常常以此勉励自己，再坚持一下，就会渡过下一个难关，成功就在眼前。可什么才是成功呢？如果有人早早地告诉你命运的安排，你还会不会这么匆匆走过。

亚里士多德说："人生最终的价值，在于觉醒和思考的能力，而不只在乎生存。"我把自己在这个阶段的思考都写了下来。我想，不是为了证明自己的成功。人生的道路不可复制，每个人都只走一次。什么才是正确的教育方式，恐怕没有标准答案。养儿方知父母恩，养儿也才知道父母的难。正如纪伯伦的诗中所写：

> 你的孩子，其实不是你的孩子
>
> 他们是生命对于自身渴望而诞生的孩子
>
> 他们借助你来到了这个世界，却非因你而来
>
> 他们在你身旁，却不属于你
>
> 你可以给予他们的是你的爱，却不是你的想法
>
> 因为他们有自己的思想
>
> 你可以拼尽全力变得像他们一样
>
> 却不要让他们变得和你一样
>
> 因为生命不会后退，也不在过去停留。

有幸与我的孩子共同走过这段路，回忆最美的正是路上的点点滴滴。我想把它们都记录来，将这一段生命沉淀，送给不可预知的未来。

感恩父母，给了我们全部的爱。感谢儿子，给了我们奉献的快乐。未来会怎样，我无从知晓。但我相信，只要认认真真走好每一步，用眼睛去欣赏、用心灵去体会、用文字去书写，走着走着，生活自然会给我们答案。